ん

2DB
二次元ドリーム文庫

百合サキュバスとぼっち女子
淫魔喫茶の秘密部屋

小説　あらおし悠
挿絵　ぶっしー

人物　紹介

アリア

女性のみを狙うサキュバスの娘。
少しポンコツだが
エッチにかけては淫魔らしく
一流の技を持つ。

白石《しらいし》　亜輝《あき》

人見知りで友達が作れない
女子大生。孤独を持て余し
悶々と毎日を過ごしていた時に、
アリアと出会う。

YURI SUCCUBUS & BOCCHI GIRL

プロローグ　若きサキュバスの巣立ち

人間が、この辺りの土地をイタリアと呼んでいるのは知っている。

けれど、淫魔であるサキュバスにとって、そんな区分はあまり意味を持たない。そこに人間というエサがあるか否か、それだけ。

「あー、お腹空いたぁ」

アリアは、満月の夜空をふらふらと、力なく飛んでいた。

淫魔といっても、アリアの種族がエサにするのは若い女の性欲のみ。肌の触れ合いを楽しみつつ、溢《あふ》れ出た欲求のエネルギーを、ちょっとばかり分けてもらうのだ。

同性しか狙わないので、男淫魔のインキュバスと組んでいるサキュバスからは変わり者扱いされる事もある。けれど、そもそも魔物なんて基本的に変な奴ばかり。だからアリアはもちろん、同族の誰も、他者の目なんて端《はな》から気にしていない。

「気持ちよくなれて腹も膨れる。こんなに素晴らしい生き方が他にあるかしら」

むしろ、自分たちこそ理想的なのではと自負している。誇りを思い出せば、背中のコウモリ羽も元気を取り戻す。上機嫌で大きく羽ばたく。普段は黒いその皮膜も、月光に透けて黄金色に輝いて見える。

「んふ。今夜もいい感じ」

アリアは、自分の身体が好きだ。羊のような巻き角も、先が綺麗なハート形をしている黒い尻尾も。胸だって、大きすぎず小さすぎず、女の子の掌にフィットするサイズ。お尻はやや小振りな方で、男を誘惑するには少々不足な体型かもしれないが、同性相手なら、これでも十分。

だが一番の自慢は、何といってもこの長い髪。淡いピンク色の中に、青や緑の髪が幾筋か混じって鮮やかに輝く。一族の中にだって、これほど美しい髪を持つ者は少ない。ついつい、自分でうっとりと眺めてしまうほど。

「こんなに綺麗なあたしを、早く人間に見せてあげたいなぁ」

実のところ、アリアは、まだ人間の女性を相手にした事がなかった。過去の歴史に由来する、一族のならわしにある。

数百年前、中世と呼ばれる時代、人間による魔物狩りが横行したらしい。そのため魔物たちは、より深い闇に身を潜めたり、安住の地を見つけて身を寄せ合ったり、あるいは、逆に積極的に人間と交わったりして、脅威から逃れていたという。

しかし、淫魔は人間がいなければ生きられない。そこで一族の祖先は、未成熟な若いサキュバスを世に放つ前に、みんなで育てる事にした。仲間同士で交わり、性技と、そして生き伸びる知恵を身につけてから、人間の世界へと羽ばたくのだ。

アリアが向かっていたのも、若いサキュバスの集会場のひとつ。数十人の雛たちが、夜ごと、研鑽という名の淫ら遊びに耽《ふけ》っている。

「まぁ、それはそれで楽しいけど……これって、必要な事なのかなぁ」

時代は移ろい、現代において、魔物狩りなんてものは絶滅種に成り果てた。というか、人間の魔力が弱くなりすぎて、そのような仕事は成り立たなくなっていると聞く。魔物の側から接近しない限り、存在すら認識できないだろうと。

若いサキュバスの育成も、今となっては、ただ古い習慣が残っているだけ。それを馬鹿にするつもりはないけれど、不満がないといえば嘘になる。

「あーん、もぉ！　早く人間の女の子と遊びたいぃぃ！」

だって、性を謳歌するのが淫魔の本能。いつまでもおあずけを食わされて我慢できるわけがない。さりとて言いつけを守らなければ、罰としてその時が遠のくだけ。おとなしく許しが出るのを待つのが一番の近道——なのだけど、己に我慢を強いるほどに身体が疼《うず》く。空中で胎児のように身体を丸め、堪え性のない脚の間に手を伸ばす。

「…………何をひとりで悶えてるのよ」

「あら、リーヴィア」

いつの間に接近していたのだろう。藍色で短めの髪のサキュバスが、腕を組みながら呆れ顔で、アリアの痴態を眺めていた。

「他人のひとり遊びを見物なんて、悪趣味がすぎるわよ、リーヴィア」

「アリアが勝手に始めたんでしょ。場所くらい選びなさい」

「えー。別にいいじゃなぁい」

小さな唇を不満げに尖らせてみせる。注意されたからではなく、リーヴィアの口調が気に入らなくて。彼女だって一年ばかり先に生まれたというだけで、人間と遊ぶ事を許されていない未熟な淫魔という意味で立場は同じ。それなのに普段からお姉さんぶって、何かと世話を焼きたがるのが、ちょっとだけ有難迷惑。

（あたしよりおっぱい小さいくせに）

なんて事も思っていたりするけれど、さすがに口にするつもりはない。

「んー。でも、ま。確かにリーヴィアの言う通りかも。これからみんなで遊ぼうっていうのに、ひとりでシちゃうのはもったいないもんね」

悪びれもせず言を翻《ひるがえ》すピンクのサキュバスに、藍色が溜息を吐く。昨日今日の付き合いでもないのに、まだアリアの気まぐれに慣れないみたいだ。

「そんな顔しないでさ、一緒に行こ。今夜はどこで遊ぼうか」

諫める言葉にも窮した様子の先輩サキュバスを尻目に、目的地へと向かおうとする。

「待ちなさいアリア。今日はそっちじゃないわ」

「うわぁっ⁉」

飛び始めた瞬間、尻尾を引っ張り戻された。

「痛いじゃないのリーヴィア！」

「悪い悪い。でも、今日はいつもの遊びじゃないの。……クイーンがお呼びよ」

「ク、クイーンが⁉」

それは、現在の一族の長。アリアたちにとっては母のような存在。

彼女の魔力は歴代の長の中でも飛び抜けていて、放つ淫気の前では他種族のサキュバスさえ正気を失い、精気を吸い尽くされるまで抱かれずにはいられないという。拝謁する機会は滅多になく、それだけに、急な呼び出しと聞けば身構えてしまう。

「……あたし、何か叱られるような事したっけ？」

藍色淫魔の尖った耳にこっそり囁《ささや》くと、彼女は今宵一番の呆れ顔を見せた。

「知らないわよ。とにかく急ぎなさい」

リーヴィアに促され、先行する後を追うように女王の居城へ向かった。

そこは、人里離れた深い森に建つ古城。三階建ての、サイコロのような四角い砦。程よく小規模で、通う者とてなく、魔物の隠れ家としては申し分ない。

正面入り口の木製扉は重そうだが、サキュバスの透過能力の前には無意味。しかし軽い足取りですり抜けようとしたアリアの尻尾が、またもリーヴィアに引っ張られた。

「あぅん！　ちょ、ちょっとぉ。そこ敏感なんだから、あんまり触らないでよ」

「まずは霊気を放って、クイーンに来訪をお知らせするのっ」

「えー、そうだっけ？　面倒くさぁい」

そんなの、かつて他の魔物や魔物狩りを警戒していた時代の合言葉みたいなもの。今となっては、育成の習慣と同様に、形骸化した儀礼にすぎない。

「ここに来るのなんて一年ぶりなのに、リーヴィアはよく覚えてたね」

「忘れてるアリアがどうかしてるのよ」

二人は神妙な顔で扉に手を当てて霊気を流し、改めて足を踏み入れた。

建物の中は暗闇。壁に沿って、ぽつぽつと蝋燭の灯りが見える。サキュバスは夜目が利くので、これは、城に住む「別の者」のためだろう。

――んふ……んふふ……。

どこからか、複数の女の、甘い含み笑いが漏れてきた。それを道案内代わりに、石造りの階段に沿って飛ぶ。最上階の一番奥にある寝室が、クイーンとの謁見の間だ。

部屋には、すでに十数人の若いサキュバスが集まっていた。壁に寄りかかったり、毛足の長い絨毯に腹ばいで床に寝そべったりと、気ままな格好で。

その群れの向こう。天蓋つきの大きなベッドに、脚を組んで腰かける、長身の女性。

「よく来たわね。アリア、リーヴィア」

クイーンが、おっとりとした、蕩《とろ》けそうに甘い声で二人を出迎えた。何度見ても、その姿に息を呑む。アリアの倍はあろうかという大きな巻き角。長く艶のある黒髪。はちきれんばかりに膨れ上がり、先端がツンと上を向いた豊かな乳房。脚の間の淡い翳《かげ》り。

そんな性的な部分より、二人は彼女の美貌《びぼう》から目を離せないでいた。妖しい微笑を湛えた真紅の唇と、垂れ気味でありながら淫猥《いんわい》な魔力を放つ双眸《そうぼう》に、意識が搦め捕られる。

(だからクイーンに会うのは嫌なのよ！)

アリアは心の中で苦情を叫んだ。身体が熱い。脚の間の性愛器官が欲情で疼く。部屋の中が色香でむせ返り、彼女にむしゃぶりつきたくなる衝動を掻き立てられる。

「はぁ……」

横目で窺《うかが》うと、リーヴィアがあからさまな欲情顔でクイーンを見詰めていた。慎ましい胸元にうっすらと浮かぶ汗が悩ましく、アリアは無意識に生唾を飲み込んだ。他のみんなも一様に発情し、中には、我慢できずに自らを慰めている者さえいる。

「あらあら、困ったちゃんがいるようね」

そんな「子供たち」に、クイーンが目を細める。濡れた視線で見詰められるだけで、みんな達してしまいそうに感極まる。しかし、雛が無断で彼女に触れる事は許されない。

その代わり、クイーンには三人の少女が纏《まと》わりついていた。陶然とした熱い目で、滑らかな身体に手を這《は》わせ、耳や乳房に口づけを捧げる。それぞれ肌や髪の色が異なっているが、三人とも人間。

この少女たちが、クイーン以外の、この砦の住人だった。先に人間界に出た先輩サキュバスからの貢ぎ物で、ペットとして飼われている。

ただ、彼女らの意に反して拉致してきたのかといえば、そういうわけでもないようだ。

――あの子たち、サキュバスになりたいんだって。

以前、そんな話を漏れ聞いた。

人間を魔族に生まれ変わらせる。そんな高等な術、巣立ち前の未熟な身には想像もできないが、悠久の時を生きているクイーンならば、きっと可能なのだろう。もちろんアリア的にも、仲間が増えるのは単純に喜ばしい。

「――それでね。みんなに来てもらったのは、この子たちの事なのぉ」

蕩ける声が、再び部屋の空気を甘く振動させた。若いサキュバスには、それだけで堪らない刺激。もはや誰も立っていられず、床に座り込むだけならマシな方。半数以上は我を忘れて自慰にいそしみ、アンアン悶え、もはやクイーンの話なんて聞いちゃいない。

(これ、強すぎる……。クイーンったら何のつもり!?)

寝室内に、尋常じゃない魔力が満ちている。アリアのお尻もぺたりと床に落ちた。我慢できずに、右手が股間に伸びかける。同族をここまで発情させるほどの淫気は初めて。前に謁見した時は、こんな事にはならなかったはず。

だとしても、みんな不甲斐ない。自分だけでもしっかりしなくてはと思ったアリアは、気を張るために、あえて心の中で悪態を吐いた。

(何よ、その人間のご機嫌でも取れっていうの⁉)

まるでその声が聞こえたように、部屋の主は微笑みながら可愛らしく小首を傾《かし》げた。

「そろそろね、この子たちのお友達を増やしてあげたいなーって。それで、みんなに探してきてもらおうと思ったの」

思った通り、ご機嫌取りじゃないかと失望しかける。しかし、探すからには外界へ出なければならない。それを理解した瞬間、アリアは弾かれるように顔を上げた。

「次は日本人がいいかなぁ。いい精気を持った女の子を連れて来た子は、思うがままのご褒美をあげちゃうわ。はい、我こそはって思うひとー」

「はいっ！」

おどけた口調で微笑むクイーンに向かって、アリアはお尻を浮かせながら真っ直ぐ手を挙げた。そうしてから、やっと彼女の思惑に気づく。

(あ、そっか。これってテストだったんだ！)

人間世界に行ける資格があるか見極めるため、こんな容赦のない淫気を浴びせてきたのだ。事実、他の仲間たちはひとり遊びに夢中で、立候補どころじゃない。

(もしかして、あたしの独り勝ち？)

競争相手がいなければ、どんな少女を連れてこようと一位確定。ご褒美決定。ほくそ笑みながら落選した仲間を見渡していたアリアだったが、次の瞬間、頬が引き攣《つ》った。

「……げ、リーヴィア⁉」

藍色淫魔も懸命に発情を堪え、手を挙げていたのだ。彼女もアリアが残っているとは思わなかったらしく、クリっとした大きな目を、いつも以上に見開いて驚いていた。

「はーい。それじゃ、今回はアリアとリーヴィアに決定しましたぁ。頑張って可愛い子を連れて来てね。もし一年以内に獲物を探せなかったら、集会場からやり直しよ」

甘言のような激励と忠告に、ちゃんと返事をしたいけど、空間に漂う淫気が濃すぎて声が出せない。二人は懸命に、無言でコクコク頷いた。

アリアの望むご褒美は、もちろんクイーンの寵愛を受ける事。リーヴィアも同じだと、その目が語る。二人の間に、にわかに競争心が芽生え始める。

「お、お任せくだ……」

「必ずや、クイーンのお気に召す人間を探してきますっ！」

藍色淫魔が悔しそうな目でアリアを見た。必死の思いで紡いだ誓いの言葉を邪魔された上に、自分より意気込みのあるセリフを後輩に吐かれて。

頬を膨らませて牽制し合う若いサキュバスを、クイーンは優しく、でも、どことなく心配そうな表情で見詰めていた。

第一章　サキュバス喫茶ではたらくサキュバス

「うわぁお。いっぱいいいるぅ」

ガラス張りのビルの屋上に降り立ち、アリアは歓喜の声を張り上げた。

林立する高層の建築物。煌々《こうこう》と輝く無数の窓に、色とりどりの派手な看板。絶え間なく行き交う人と車。月が中天にかかっているというのに、みんな、まだ眠りに就かないのだろうか。とにかく目に入る何もかもが新鮮で、驚きに満ちている。

ここまでの道中、様々な国を通過した。途中で飽きて「もうこの辺でいいかな」なんて気持ちにもなりかけたけど、今回クイーンは日本人をご所望。我慢して飛び続け、そして目的の地に到着した瞬間、アリアは直感した。

ここが、この国が、自分と一番相性がよさそうだと。

「うんうん、いい匂い」

目を閉じて小鼻を動かす。どこを向いても、茫漠たる大海のように性の気配が広がっている。量はもちろん、濃度もなかなか。ここまで欲望をダイレクトに感じる土地は他になかった。人口密度の低い田舎で生まれ育ったので、性欲の大波に飲み込まれそうだ。これなら貢ぎ物なんて簡単に見つかるだろう。それどころか、大勢いすぎて選別に困ってしまうんじゃないだろうか。

「期限は一年だっけ？　これ、ぜったいそんなに必要ないよ。クイーンも隠遁生活なんかしてないで、田舎から出ればいいのに」

数日前まで籠に守られた雛鳥だったくせに、ちょっとばかり外界を見ただけで都会っ子気どりの上から目線。そんな浮かれ気分のまま、さっそく獲物を物色する。

「リーヴィアに先を越されるわけには、いかないもんね」

藍色髪のライバルの顔を思い浮かべる。故郷からここまで一緒に旅をして、つい数分前に別れたばかり。となれば、この状況は彼女も把握しているはず。どんなに選択肢が豊富でも、先に優良物件を取られては意味がない。

「とはいえ……長旅で精気がすっからかんだわ」

巣にいた時は、空腹なんてほとんど感じた事がなかった。それは、クイーンの結界内だったからだ。一帯は強大な魔力に覆われていて、巣立ち前の若いサキュバスに精力が供給されて続けていた。要するに、アリアたちは赤ん坊で、乳を与えられていたようなもの。

クイーンが皆で複数の人間を飼っていたのも、単に愛でるためだけではなく、結界の維持に膨大な魔力の供給を必要としていたからなんだろう。腹ペコになってから、ようやくそんな事実に思い至った。

街には性の気配が充満している。でも、それだけでは精気を吸収できない。人間で例えるなら料理の匂いを嗅いでいるに過ぎず、実際に栄養を摂るには、食事が必要となる。

アリアたちサキュバスにとっての食事とは、すなわち性行為。肌の触れ合いで吸収した精気が、生存のエネルギーとなり、様々な術を行使するための魔力の源となるのだ。

「よし、まずは腹ごしらえをしよう」

貢ぎ物を探す前に自分が消滅したら、それこそ元も子もない。

「うーん……。この街も好きだけど……ちょーっと明るすぎて情緒がないかなぁ」

アリアは首を捻《ひね》って思案した。初めて人間の精気を吸うわけだし、どうせなら雰囲気のある静かなところで、可愛い女の子の、とびきり美味しいところをいただきたい。

なので、自分にふさわしいエサを求め、ひとまず騒がしい街から離れる事にした。

少し飛ぶと、眼下の様相がかなり変わった。窓の明かりが格段に減り、歩く人もほとんどいない。さっきのは商いをする街で、この辺りは居住地のようだ。

「うんうん、ここの人間はちゃんと寝ているようね。いい心がけだわ」

人間の営みについては、集会場に遊びに来る先輩サキュバスから学んでいる。この国は特に寝る時間が遅く、夜通し起きているのも珍しくないとか。

夢うつつのまどろみを狙う事が多いサキュバスには生きづらい時代になったのかと思いきや、そうでもないらしい。逆に、誘惑に乗りやすい人間が増えているという話だった。

衣食住が満たされるにつれ、欲求や不満を溜め込む事が多くなったからだというが、その因果関係を、アリアは最後まで理解できなかった。

「ま、美味しいのが食べられれば何でもいいや」

説明してくれた先輩も難しい事を考える必要はないと言っていたし、魔物が人間の事情に配慮しなければならない道理もない。

神経を張り詰めて、最初にいただくべき獲物の気配を探る。しかし、さっきの街に比べて欲望の匂いが弱い。たまに強いのが漂っているかと思えば、生臭い男のものばかり。

「男はお呼びじゃないのよ。あたしは若い女が欲しいの。まったく……入れ食いだと思ってたのに拍子抜けだわ。これなら引き返した方が……ん⁉」

そんな事を考え始めた矢先、いきなり全身の肌がゾクゾク痺《しび》れた。うっとりするような陶酔感《とうすい》。頭のてっぺんから爪先まで、さざ波のような疼きが走り、脚の間が熱くなる。

クイーンに及ばずとも劣らない濃密な匂い。それでいて、若草を吹き抜ける風のような爽やかさ。同族相手では感じた事のない初めての感触。

「何これ……。いるじゃない、凄いのが！」

興奮気味に匂いを辿った。見つけたのは、三階建ての四角い建物。言葉だけで表現するとクイーンの砦にそっくりだが、全体的にのっぺりしていて、視覚的な面白みはない。

「あぱーと……まんしょん……。えーっと……ああっ、わんるーむまんしょん！」

先輩の話や、人間の書物で見聞きした記憶を頼りに、それらしい名前を引っ張り出す。

自分の賢さに感心し、胸を張って「ふふん」とか「どーよ」とか、誰に対してという事もなく誇りまくる。ひとしきり満足した後、改めて気配を確かめた。

「この建物で間違いないわね」

最も濃く匂いを感じたのは、三階の角部屋。窓から室内を覗こうとすると、ピンク色の厚いカーテンがしっかりと閉められていた。透過能力を使い、頭を突っ込む。

（あはぁ……）

声が漏れかけ、慌てて口を押さえた。それでも思わず頬が緩む。

照明の消された暗闇の中、ベッドの上で、ほっそりとした肢体の少女が悶えていた。自分の手で、胸と股間を下着の上から撫でている。指先を動かすたびに、伏せた睫毛《まつげ》は静かに震え、唇からは淡い吐息が漏れる。膝や爪先が、切なげに伸び縮みする。

誰がどう見ても、取り繕いようのない自慰行為。いけないひとり遊びを、淫魔でもない人間がしているのが嬉しくなって、ドキドキと胸を弾ませる。

「……にしては、慎ましいわね」

乳首も性器も布地越しで、直には触っていない。指の動きは微妙というか控え目だし、本当に快感を得ているのかと首を傾げてしまうほど。ただ、それでも、彼女から匂いたつ淫気は、この上もなく美味。そして、間違いなく処女のもの。

最初の獲物として、実にふさわしい。

「決めた。あなたをいただきましょう」

するりと、音もなく窓を通り抜けた。同時に室内の様子を窺う。一人で暮らしているのだろう。ワンルームという名前の通り部屋は狭い。人形やぬいぐるみといった小物が整然と並び、いかにも女の子といった雰囲気が全体を覆っている。

それ以上に目につくのが、同系色の調度品だった。さっき通ったカーテン、床の中央に敷かれた小さな絨毯やクッション、テーブルや小さな棚、今はお尻の下になっている薄手の毛布。目につくものの多くが、アリアの髪によく似た淡いピンク色。

「いい子じゃない。ますます気に入ったわ」

そんな些細な事に気をよくして、つい声が大きくなった。

「だ……誰っ⁉」

慎ましいオナニーに似合った細い声で、少女が跳《は》ね起きた。

「あら、驚いた。あたしが見えるんだ」

まだ姿を見せているつもりはなかったのに。人間の魔力は衰退していると聞いたけど、まだその才を持つ者はいるみたいだ。

(これは期待できそうね)

見たところ、アリアが魔物だとは気づいていない。本人に魔力の自覚はないのだろう。もっとも、見知らぬ女がいつの間にか侵入していたら驚くのは当たり前。ましてや自慰の真っ最中。蒼褪めた顔でカタカタと震え、ベッドの上を壁際まで後退する。

「驚かせてごめんなさい。あなたがとても素敵なひとり遊びをしていたものだから、つい引き込まれてしまって」

にっこり笑って非礼を詫《わ》びると、彼女は気を失いそうなほど息を詰まらせた。どこの誰とも知れない女にオナニーを見られたと知り、羞恥と恐怖と混乱に陥っている。

「安心して。別にあなたに危害を加えるつもりはないわ。……そうね。まず、あたしから自己紹介しましょうか」

怯《おび》える少女から一歩離れ、深々と頭を下げる。頭の角と背中の羽、そしてピンと立たせた尻尾が、よく見えるように。

「あたしは、アリア。見ての通りサキュバスよ」

「サ、サキュバス……？　嘘……。そんなのが実際にいるわけが……」

「あら、サキュバスを知ってるの？」

嬉しくなったアリアは目一杯に羽を広げ、舞うようにしてベッドに飛び乗った。少女は小さく「ヒッ」と鳴き、さらに距離を取ろうとした。しかし、既に壁際にまで追い詰められているので、それ以上は逃げられない。もちろんアリアに恐怖を与える意思はなく、それどころか楽しんで欲しいわけで、ひとまずフレンドリーな会話を試みる。

「ほら見て。こういうのって、人間にはないんでしょ？」

頭の角や、ぴょこぴょこ跳ねる尻尾を指差し、触れてみるよう促す。少女は驚きに目を剥《む》くばかりで指先ひとつ動かそうとしない。仕方がないので、アリアは彼女の手の甲を、尻尾の先でツンと突いた。そのまま腕を這い上がり、強張《こわば》る頬を撫でてあげる。

「うそ……。まさか……本当に、本物……なんですか？」

小動物のように怯えた視線が、アリアの姿と尻尾とを何度も行き来する。まだ半信半疑だろう。それでも、瞳の色の変化で、徐々に魔物の実在を認識していくのが分かる。

「やっと信じてくれた？　まぁ無理ないわね。普通、サキュバスは夢うつつ状態を襲うから、こうして言葉を交わすなんて稀だし。事が終わったら、記憶を消す場合も多いしね」

「お、襲う……？　それに記憶って……」

わざわざ思惑を説明する必要なんてなかったのに、いきなり核心に触れてしまった。おかげで、せっかく歩み寄りかけてくれた少女の心が再び遠のく。

(うーん、これは……。獲物をその気にさせるのって、意外と面倒くさい？)

やり方は追い追い考えるとして、今はこの少女の警戒心をどうにかするのが先。けれど相手もサキュバスを知っているようだし、何をされるかなんて、とっくに理解しているはず。ならば、これ以上、物分かりがいいふりを装う必要もないだろう。

(…………あら)

一気に襲ってしまえと思ったアリアだったが、少女の顔を間近で見て、ちょっとだけ驚いた。どことなく、誰かに似ている気がしたからだ。

（うーんと、えーっと……。あ、クイーン！）

背中の半ばくらいまで伸ばした髪と、澄んだ瞳。その濡れたように艶《あで》やかな黒は、生き写しのようにそっくりだった。けれど、さらにマジマジと観察してみれば、似ているのはそれくらい。クイーンに比べて、少女の輪郭は幼い丸みを帯びているし、長い前髪で隠された垂れ目が醸すのは、色気というよりも気弱な性格。

見た目も態度もおとなしそうなのに、溢れる淫気は、味わった事がないほど純度が高い。深い欲望を抱えていながら、外見的には清楚そのもの。そのギャップが、アリアを異様に昂《たかぶ》らせた。獲物が弱々しい態度を見せるほど、嗜虐《しぎゃく》心を刺激される。暗闇の中、魔物の瞳を輝かせ、淫欲にまみれた舌なめずりをする。

「な、何を……する気……ですか……。どうして、私なんかを……」

「それはね、ひとり遊びしているあなたが……何ていうのかな……いじらしくて、とっても可愛らしかったから、かな。うん、あなたが可愛かったからよ」

もちろん美味しそうな淫気に惹きつけられてではあるけれど、見た目も重要。彼女がアリアの好みだったからに他ならない。

「う、嘘です。そんな事……」

それなのに、少女はふるふると首を振って、せっかくの誉め言葉を否定した。きっと、魔物の言う事なんて信じられないんだろう。

アリアは、頬と頬が触れるほどに顔を寄せ、戸惑う彼女の耳に囁きかけた。

「本当よ。あなたは可愛いわ。あたし、大好きになっちゃった」

もちろん懐柔するためではあるのだけど、決して嘘などではなく、本心から出た言葉。

それをどう受け取ったのか、彼女は大きく見開いた目でアリアの顔を凝視した。

「言ったでしょ。危害を加えるつもりはないって。一緒に楽しい事しましょ」

聞いているのかいないのか、少女の震えは大きくなるばかり。仕方がないなと苦笑するが、実のところ、彼女の反応なんてどうでもよかった。初めて出くわした魔物に恐怖するのは当たり前。

魔物が獲物に配慮する必要はないとはいえ、怖がっている相手を襲うより、楽しい思いをしてもらった方が、絶対に淫気の質も上がるはず。

ゆえに、不本意ではあるが、少しばかり強引な手段を取らせてもらう事にした。

「怖がらないで……。あたしの眼を見て……」

彼女の頬に指先を添え、視線を合わせる。まだ怯えているようだけど、淫魔の誘惑に人間が勝てるわけがない。長旅で残り少なくなった魔力を、瞳の奥に力づくで叩き込む。

「あ……あ……？」

少女の視線が揺れる。身体の中で渦巻く、今まで感じた事のない淫欲に戸惑っている。

サキュバスという異形への畏怖になど、かまけていられなくなるほどに。試しに優しく抱き締めると、その細い身体が、無抵抗でアリアの腕の中に納まった。

「あは、大成功」

嬉しくなった。初めて人間に催淫魔法を使ったけれど、こうも如実に効果が出るとは。きっと、もう悲鳴も上げられまい。興奮で悪魔的な笑みになった頬を少女に重ね、できる限り意地悪な声で囁きかける。

「………熱くなってきたんでしょ」

少女が慌てて脚を閉じた。その反応こそが肯定そのもの。下着の内側が、激しい疼きに苛《さいな》まれているはず。彼女は背中を丸め、腿の間に手を挟み、鎮まるのを必死に待つ。もちろん、そんなもので魔力による発情をどうにかできるわけがない。

「あ、う……。や……いや……。どうして、こんな………ンッ」

人前で発情しているのが恥ずかしいのだろう。涙を浮かべ、必死に喘ぎを噛み殺している。その健気な姿が、むしろアリアを悦ばせているとも気づかずに。

「んふ。辛い？　それ、あたしなら治してあげられるよ」

自分で仕掛けておきながら恩着せがましい言い方だけど、彼女に追及宇する余裕はない。すがるような瞳でアリアを見詰め、それでもなお、得体の知れない女に助けを求める事を理性が邪魔している。

「あ、ん…………やぁぁぁん……あぁぁぁ……！」

少女の内腿の間で、わずかに指が蠢いている。寄せた眉に、欲情と理性との葛藤が刻まれる。その苦悩が、彼女の淫気の純度をさらに高めていた。溢れ出す甘美な匂いを、アリアは恍惚《こうこつ》の表情で全身に浴びる。もう少し懊悩《おうのう》する様を眺めていたいけど、夜の時間は無限ではない。前菜はこのくらいにして、そろそろメインディッシュをいただくとしよう。

（じゃ、催淫魔法を強めにもうひと押しっと）

そう思って目を覗き込み、逆に躊躇《ちゅうちょ》させられた。

少女が、じっと見詰め返してくる。物欲しそうに、懇願するように。その瞳が孕《はら》む熱量に、意識せずに息を呑む。試しに肩を軽く押すと、彼女は、ほとんど抗《あらが》う事なくベッドに横たわった。

思った以上に催淫が効いていたのか、心が欲情に折れたのか。はたまたサキュバスに抱かれてみようかという好奇心が生まれたか。いずれにせよ、受け入れてもらえるなら何だって構わない。高揚感を取り戻したアリアは嬉々と添い寝して、少女の胸の膨らみを、逆撫でするように指先でなぞった。

「…………はンッ」

ビクンと小さく背中が跳ねる。自分の甲高い喘ぎに驚いたらしく、少女が顔を逸らす。まだ理性が残っている事に驚きながらも、彼女のお腹に跨がり、両の掌で乳房を撫で回す。

しかしながら、その手応えに、アリアの中で穏やかでない感情が湧き上がった。

「意外と……ていうか、相当に立派なものをお持ちなのね」

掌で覆っても、小山の半分もカバーできない。サキュバス仲間でも、これほど手に余るサイズは珍しい。集会場で一番の巨乳が、事あるごとに自慢していたのを思い出し、ついつい嫉妬で指を食い込ませた。

「あ、いやっ。言わないで……恥ずかしい………っ」

少女が左右に頭を振りながら、アリアの手首を掴《つか》む。必死に愛撫を阻もうとする。しかし、その声色に羞恥はあっても、嫌悪は感じられない。

（やだ、あたしったら……）

妬みに駆られて乱暴にするなんて、楽しく遊ぶという主義に反する行為。反省し、今度は下着の縁に沿って、優しく指を滑らせる。

「いっぱい感じさせてあげるね。そういえば、さっきは下着の上からだけだったみたいだけど……直に乳首や性器を触った事は？」

ふるふると、微細な動きで少女が首を振る。こんなに高級な淫気を持っているのに、ちゃんとした自慰をしていないのは驚き。

「そんなのでサキュバスの味を知ったら、処女のくせして色情狂になっちゃう。じゃあ、今日のところは手加減してあげるわね」

なんて偉そうに言ってみるが、異種族相手に初心者なのはアリアも同じ。この少女を使って、人間の加減を知っておくだけでも悪くない。

（えーっと。下着は……上がブラで、下がパンツ）

アリアたちは皮膚を変化させて秘部を隠すけど、人間の女性は、わざわざ別の布をあてがう必要があるという。胸を覆うブラジャーなる下着の中へ、左右の指を滑り込ませる。

目当ての突起は、すぐ見つかった。綺麗な半球の頂上で、ぴょこんと首を出している。嫉妬したくなる巨乳の割に、乳首のサイズは慎ましい。その代わり、硬直具合はなかなかのもの。コリコリとした感触を楽しむように、人差し指の腹で転がす。

乳房を弄《もてあそ》んでいるうちに、ブラがずれて先端が露出した。うっすらとした色合いの乳蕾を指で挟み、引っ張り、そして瞬きもせずにジッと眺めて、視線でも辱める。

「あなたのおっぱい、とっても素敵。柔らかくて、乳首は硬くて。ほら、直に触る感覚はどう？　気持ちよくなれるやり方を教えてあげるから、次のオナニーでやってみて」

「そ、そんな……やぁぁぁぁ……」

少女が両腕で顔を隠してしまう。喘ぎ声も消え入るようだ。アリアが手を動かすたびに身体が跳ね上がるので、相当に感じているはず。サキュバスの術にかかっていながら、まだ羞恥を拭えないなんて、どこまで純情なのだろう。

（こんなに美味しい淫気を持ってるのに、もったいない）

とはいえ、初心《うぶ》な少女が快感に戸惑う姿は、背筋がゾクゾクするほど愉しい。もっと苛《いじ》めてあげたくなる。アリアは舌なめずりし、乳房に指を食い込ませた。

「ひっ、あぁぁぁン」

細い肢体が大きく跳ねた。しかし、これは囮のようなもの。胸への強めの愛撫で気を引いて、その隙に、緩んだ内腿へと尻尾を忍び込ませた。妖しい感触に気づいた彼女が顔を上げる。その反応よりひと足早く、ハート形の尻尾の先がパンツの中心を撫で上げる。

「ひぁン⁉」

お腹に乗ったアリアを跳ね上げるほど、少女の背中が仰け反った。しかし、こんなのはほんの挨拶。暴れる身体を全体重で押さえ込み、尻尾で下着をするする脱がす。

「あ、やだ……やめ……あぁぁぁんっ」

さすがに秘部は恥ずかしさのレベルが違うらしく、ジタバタと膝を上下に暴れさせる。もちろんアリアの優秀な尻尾は、そんな抵抗など物ともしない。呆気なく両足首から下着を抜いて、ぽいっとベッドの外に放り出した。

「さーてと。今夜の仕上げといきましょうか」

下半身を覆うものを失って、少女が蒼褪めた面持ちでアリアを見上げる。それでも催淫が効いているのか、表情には期待感のようなものが潜んでいるように見えた。

ならば、淫魔として応えてあげるべき。頬を撫でで安心を与えつつ、尻尾の尖った先端で淫裂に触れた。ビクンと身体が引き攣るけれど、今度はさほど抵抗しない。刺激慣れしていないであろう縦溝を、優しく、細やかな動きで撫で回す。たったそれだけで、少女は驚愕《きょうがく》に目を見開いた。

「あ、んあっ⁉　な、なにこれ……。この感じ……あ……あぁぁぁ……！」

さっきまでとは明らかに違う反応。ガクガクと腰が痙攣《けいれん》を始める。初めての快感に身体が驚き、受け止めきれずにいるのが、手に取るように伝わってくる。

「あはぁ……」

アリアは、思わず恍惚とした声を漏らした。純度の高い少女の淫気に、自制心が保てない。元よりサキュバスのそれなんて、他の魔物より遥かに緩い。それでも、慣れない相手を気遣う余裕くらいは持ち合わせているつもりだった。

(すごい……。人間の女の子って……凄く美味しい……！)

こんなにいい物を教えてくれなかったクイーンに、恨みのひとつも言いたいところ。だけど今は、ご馳走を吸収するので精一杯。アリアも自分の服を変形させて、胸と性器を露出させた。張り詰めた乳首とクリトリスからも、上質の淫気を受け入れる。

「あんっ、漏れちゃう……！」

淫裂から、欲情の蜜が溢れ出た。腰を回転させてそれを少女のお腹に塗りつけながら、両手と尻尾による愛撫をエスカレートさせていった。

「女の子の身体は、いっぱい気持ちよくなれるようにできているの。だから自分でする時も、思いっきり楽しんじゃいなさい。ほら、こんな風に。ほら、ほら！」

「ま……待ってて。そんな……強い……っ」

乳房を捏ねる。乳首を押し潰すようにして転がす。尻尾の先端で秘裂を、ぐちゃぐちゃ掻き回す。上と下を同時に攻められ、少女はシーツを握り締めながら激しく悶える。

そうはいっても、彼女は性的行為に不慣れな初心者。やりすぎたら嫌悪を抱かせてしまうかもと思うのに、どうした事か歯止めが利かない。後から後から溢れる淫気に、アリアの方が理性を削られていく。

（あたし、どうしちゃったの⁉）

こんな事は初めてだ。居ても立ってもいられず少女の身体を撫で回す。けれどそれではさらに淫気を浴びる事にほかならず、アリアは自分自身を追い詰めてしまう。

「あぁダメっ。こんなの……凄い……イキそう……！」

「ふぁあぁぁ……あぁぁぁぁっ！」

絶頂を予告するアリアに釣られ、少女の喘ぎも高くなる。淫気の濃度も高くなり、身体が浮き上がるような感覚に、内側から襲われる。

「ホントに……もう、もう……ンッ、あああぁぁっ‼」

「ふぁ、あ、あっ……あッ‼」

少女の乳房を握り締め、アリアは背中を仰け反らせた。秘裂から淫蜜が噴き出し、それを浴びた彼女も全身を硬直させる。伏せた睫毛を震わせて、強張った身体を「く」の字に曲げて、細かく痙攣させる。

催淫術にかかっているとは思えないほど、少女の絶頂は慎ましい。それなのに、アリアの身体を、味、量ともに経験した事のない上質な淫気が満たした。

「あふ、ふぁ……あぁぁぁ……。この子、ホントにすごぉぉい……」

身震いして、跨がったお腹に淫蜜の水溜まりを作ってしまう。まさか、意識が遠のきかけるほどの快感を、クイーン以外から食らうとは思わなかった。

「はぁ……」

絶頂の波が引くのを待ち、少女に重なるようにして倒れ込んだ。その彼女はといえば、まだ初めての衝撃から戻りきれず、小振りな唇を震わせている。

「…………あ」

やっと添い寝するアリアに気づき、慌てて顔を反対側に向けてしまった。この期に及んで恥ずかしがらなくてもと思うけど、性に奔放なサキュバス同士でしか遊んだ事がないだけに、この純真な反応は新鮮だ。

(可愛い……)

思わずクスリと笑みが零れた。もし気が向いたら、また相手になってもらおうか。そんな事を考えながら、アリアは、少女の真っ赤に染まった耳に囁きかけた。

「あなた……お名前は？」

そんな事、どうして尋ねる気になったのだろう。初めての「獲物」だから、知っておきたくなったのかもしれない。唇を撫でて返事を促すと、少女は朦朧《もうろう》とした意識の中、消え入りそうな声で答えた。

「亜輝《あき》……。白石《しらいし》、亜輝……です……」

「亜輝ちゃんね。覚えたわ」

アリアは亜輝の頬に口づけて、ばさりと力強く羽を開いた。少女が、それを呆けたような瞳で見上げている。

「また会いましょう、亜輝」

その、気まぐれに発した自分の言葉で、アリアは異様に昂りを覚えた。緩みそうな頬を懸命に隠して浮き上がり、再び窓をすり抜けて、夜明けが迫る空へと飛び立った。


適当な空き室でひと眠りした後、目覚めたアリアは驚いた。身体が軽い。旅の疲れが嘘のように消えている。気力も魔力も全身にみなぎって、弾け飛びそうなほどだ。

あんな自慰もろくにできない少女さえ、たった一度で満腹になるほどの淫気を持っていた。ならば、他にも優秀な獲物がゴロゴロいるはず。

「よし決めた。あたし、この街を縄張りにしよっと！」

そうと決まれば、今日からしばらくは、この部屋がアリアの城となる。亜輝のより広くて塔のように高いけど、間取りの構造が似ているし、ここもマンションなんだろう。

誰も住んでいないので、もちろん家具はない。雨露がしのげるのはともかく、床が硬いのは悩ましい。サキュバスとして、最低限、ベッドくらいは欲しかった。

「ま、後で考えよっと」

ぴょんと跳ねて起き上がる。窓の外を見れば、陽が西側に傾いていた。それでも夜までには時間がある。昨日の様子から見ても、人間が床に就くのは相当に夜が更けてからだ。

「今日はどうしようかな」

首を左右に傾げて思案する。当面は魔力に困らない。まずは、人間の世界を詳しく様子見するのがいいだろう。ただ、亜輝のように魔物を見られる人間が、他にいないとも限らない。迂闊《うかつ》に目撃されて、騒ぎ立てられたら面倒だ。

「となれば、方法はひとつだよね」

アリアは傍らに置いていた雑誌を開いた。昨夜、束にして道端に捨てられていたので、中から一冊拝借してきた。人間の衣服が並んだファッション誌は、雛の集会場でも人気の本。適当にパラパラめくり、自分に似合いそうなものを探してみる。

選んだひとつを参考に、身体を覆っている皮膜に意識を流す。いつもは黒い水着状にしているそれが、一瞬にして人間の服に変化した。

「えーっと。上のこれがニットセーター。で、下が、Aライン……のスカート」

国が違えば流行も変わる。アリアたちが読んでいたのが最新とも限らない。可能な限り誌面のものを真似てみたので、違和感なく人間に変装できたはず。

「うん、完璧じゃない？　……おっと、角と羽と尻尾」

浴室の鏡で確認して悦に入っていたら、色々とはみ出していた。サキュバスも人間も、ほとんど同じような生き物だろうと思っていたけど、いざ化けてみると、意外と相違点が多いのに気づく。余分なパーツを引っ込めて、そしてまた、最後の部分で少し悩む。

誌面の女の子たちと見比べて、髪色が派手に思えてきたのだ。仲間うちでは可愛い綺麗と褒めそやされた自慢のピンクを隠すのは、正直言って抵抗がある。

「うーん………あ、そうだ！」

あの娘のを真似しよう。それなら許容できる。アリアがパチンと指を鳴らすと、ふわりと浮いた長い髪が黒く染まった。亜輝と同じ、濡れたように艶やかな深い色に。

「よし、今度こそ完璧！」

誰かに客観的な評価を受けたわけでもないのに、揺るぎのない自信を得たアリアは、窓から夕暮れの空へと飛び出そうとした。

「あいたっ！」

おでこがゴツンとガラスに当たった。人間に化けると、透過能力が落ちるのを忘れていた。よく仲間と変化して遊んでいたけど、みんな壁に頭突きしていたのを思い出す。

仕方なくドアから出たものの、もう徒歩移動が面倒になってきた。普段は、歩くにしても羽を使って半ば浮いているようなものなので、何だか身体を重く感じてしまう。

「人間って、意外と不便ね」

それでも魔物を凌ぐ性力を持っていたりするのだから、侮れないというか、よく分からない生き物だ。

その後も、難関の連続だった。

同じようなドアが並ぶだけの廊下から、脱出できない。別の住人が「えれべーたー」なる乗り物を使うのを真似して階下に降りたものの、今度は建物の出入り口にノブがない。

まさか勝手に開閉するドアとは思わず、そこでも二十分以上もの時間を無駄にした。

エレベーターも自動ドアも先輩から話は聞いていたはずなのに、初めて見る実物に驚くなんて、田舎者丸出しで恥ずかしい。

そしてさらに、いらぬ苦労をしていた事にも気づいてしまう。

「あぁっ。外に出てから人間に化ければよかったんだ！」

しかし、おかげで少し人間世界に詳しくなったし、賢くなったと思えば腹も立たない。面倒な徒歩を楽しむ余裕も出て、周囲の景色も目に入るようになってきた。

亜輝のマンションの周りは、いかにも小市民の住宅地だった。居城と定めたここは大型の建物が多い。というかどれも形が似通っていて、自分の部屋が分からなくなりそうだ。自分の匂いを辿って戻ればいいので、そこは問題ないだろう。

「おや、ここは……あたしが最初に降り立った地ね」

しばらく歩いているうちに、見覚えのある街に出た。人の多さも騒がしさも、色とりどりの看板も、近くで見ると、より面白い。ただ、それゆえに疑問も出てきた。

「うーん。ここは……何のお店なのかしら」

飲み食いをするところは、さすがに分かる。道具や服を売っているもの理解できる。しかし、壁や店頭に女の子の絵が描かれているのは、さっぱり見当がつかなかった。

「ゲーム、コミック……。同じ……人の……誌？　誌っていうからには本だよね」

入り口の看板を見上げながら首を捻る。ある程度なら文字も読めるけど、そもそも意味が分からない。難しい言葉も多すぎる。精力を吸収するだけの魔物には必要のない知識とはいえ、人間に小馬鹿にされた気分で、何となく悔しい。

「うーん……。中から強い性欲の匂いはしてくるんだけどなぁ」

女性の気配もそれなりにあるが、男の方が圧倒的すぎて、どこにも入ろうと思えない。それ以前の問題として、街全体で光も音も強すぎるのだ。

「何ていうかさぁ……。人、多すぎない？」

狭い歩道に溢れんばかりで、しばしば肩がぶつかりそうになる。この混雑の中、みんなどうして真っ直ぐ歩けるのだろう。人波に揉まれて酔ってしまいそうだ。欲望溢れる猥雑な雰囲気は結構アリアの好みなのに、身体の方がついていかない。この調子では、せっかく亜輝のおかげで満杯になった精力を、無駄に消費してしまう。

「駄目だこりゃ。いったん静かなところに避難しないと……」

「お願いしまーす」

適当な路地に逃げ込もうとしたアリアの前に、小さな紙切れが差し出された。持っているのは、亜輝と同世代くらいの女の子。ふりふりの短いスカートに、バルーンのように膨らんだ袖。一見すると貴族のメイドのようでもあるけど、それにしては装飾が多く、家事や作業に向いていない。謎の存在に、思わず立ち止まってマジマジ見入る。

メイド的少女は、その紙切れを渡そうとしているようだ。見れば、肘にかけた小さな籠に、同じようなものがたくさん入っている。

「……あたし？」

アリアが自分を指差し確認すると、彼女は「はい」とにっこり微笑んだ。

本来なら、彼女が獲物たりうるか調べるところ。今はとにかく静寂を欲していたので、言われるままに受け取った。次の瞬間には、彼女の関心は次の人に向けられてしまい、これが何かを聞ける雰囲気でもない。仕方なく、手近な脇道に入る事にした。

二ブロックも進むと、表通りの喧騒が嘘のように静かになった。人通りも減って、別の街に来たみたいだ。それでもやっぱり女の子の絵の看板がちらほら目につき、同じエリアなのだと感じる。さっき貰った紙切れを見ると、似たようなものが描かれていた。

「メイド喫茶？」

喫茶というからには飲食店。つまり、メイドが給仕してくれるお店という事か。それならば、必ずしも淫魔に必要なものじゃない。紙切れを捨てようとして、はたと考え直す。

「……もしかして、さっきみたいな女の子が、いっぱいいるって事じゃない？」

ならば獲物探しには適しているのではないだろうか。紙切れには道順も書かれている。どうやら近くだと察したアリアは、試しに行ってみる事にした。

「えーっと……。あ、ここだ……」

目当ての店を見つけた——と思ったアリアの視界に、妙なものが飛び込んできた。

それは、隣のビルの入り口に立つ、膝丈くらいの小さな看板。アピールする気があるとは思えない、地味で控え目な文字。だが、決して見過ごす事のできない店名。

「サキュバス喫茶!?」

近づいて目を剥き確かめる。確かに「サキュバス喫茶・リリン」と書かれている。

「どういう事？　まさか……魔物が人間の世界で商売を!?」

中には人間社会に紛《まぎ》れて生活している者もいると聞くし、それ自体は不思議じゃない。

アリアが強く関心を惹かれたのは、それが、サキュバスだからだ。

しかも、女性限定という条件付き。

一族の先輩か。それとも別種のサキュバスなのか。これだけ欲望溢れる街だ。考えてみれば、とっくに縄張りにしている者がいてもおかしくない。

「どうしよう……。その可能性は考えてなかった」

同族なら仲間意識も強いし、一時的であれば狩り場を間借りさせてもらえるだろう。でも異種族のサキュバスが陣取っていた場合、それは望めない。おとなしく他所《よそ》に移動するか、争ってでも縄張りを奪い取るか。

「う～、でもなぁ。亜輝みたいな娘が他にいたら、もったいないし……」

仲間にせよ異種族にせよ、確かめておかないと今後の狩りに支障をきたす。八階建てのビルを見上げ、うんうん唸る。

そうしているうちに、アリアは違和感に気がついた。

「………………魔力の気配、感じないな」

こんなに堂々と店を構えるほどの魔物なら、それなりに力を持っているんじゃないだろうか。だとすれば、高度な魔術で結界を張っているという可能性も考えられなくもない。事によると、クイーンに匹敵する相手かもしれないわけで。

「一人で考えていても、埒が明かないわね」

案内をくれた道端のメイドには申し訳ないが、サキュバス店の方を優先するべき。何が待っていようと行かなければならないのなら、迷うだけ無駄というもの。

さっき操作を覚えたエレベーターで、看板にあった四階を目指す。

(もし同族なら、クイーンの居城に入る時のような、来訪の挨拶でもした方がよかったかな。相手も分からないのに迂闊な真似はしない方が無難かな)

思いきって飛び込んではみたものの、上昇する短い時間の中、色々な思考が頭を巡る。未知の領域への不安と期待が、否が応でもアリアを昂らせる。

そして、扉が開いた先に待っていたのは。

「いらっしゃあい。サキュバス喫茶リリンへ、ようこそぉ」

妙に間延びしたセリフの、女の子がの出迎えだった。

さっきのメイドによく似た、黒い衣装。ただスカートは極端に短く、今にも下着が見えそうだ。胸も、球体の半分が露出するお色気仕様。頭には山羊のような角。背中側では、小さな羽と短い尻尾がチラチラ動く。

角の形が違うので同族ではなさそうだ。というか、まったく知らない種族に面食らう。

警戒して身構えるアリアをどう思ったのか、女の子が愛想よく微笑んだ。そして打って変わって、丁寧な口調になった。

「お嬢様、こちらは初めてですか？　ご予約は？」

「え？　えぇっと、その……表の看板を見て……」

「そうなんですね、ありがとうございます。どうぞお入りください」

導かれるまま店内に入る。閉ざされていたカーテンをくぐると、そこには、どことなくクイーンの古城を思い出させるような空間が広がっていた。

まず、薄暗い。いくつか並ぶテーブルの上で、蝋燭の炎が揺らいでいる。レンガ造りの壁の一部を、金のフリンジで飾られた紫色のベルベットが覆い、同じものが天井から吊り下げられて、テーブルごとの仕切りになっている。

二人掛けのソファにも、臙脂色のベルベット。そこに、入り口の少女と同様の格好をしたサキュバスと、客と思《おぼ》しき女性が、まるで恋人同士のように身を寄せ合っている。

（……ここ、何？）

まるで故郷の集会場に戻ったような、淫靡《いんび》な世界。呆気に取られていると、隅のテーブルに通された。そして入り口の少女とは別のサキュバスが隣に腰を下ろす。先輩のひとりが好んでしていた、ツインテールという髪型だ。腰まで届くほど長いけど、背丈は低く、他の娘と同じ作りのはずのスカートが少々長目に見える。

「こんにちはぁ。あなた初めてなんだって？　大丈夫。座ってくれているだけで、十分に楽しませて、あ・げ・る。わたし、リーダーサキュバスの蘭《らん》。よろしくね」

「う、うん……」

子供っぽい容姿に似合わぬ妖艶な目で、蘭と名乗ったサキュバスが、アリアの顎《あご》を指でなぞった。まるで口づけするかのように、顔も近い。先輩淫魔にも匹敵する色気に気圧され、思わず素直に頷いてしまう。

「それじゃあねぇ……。最初にぃ、ドリンクはぁ、どれにするぅ？」

蘭が、脚をアリアの太腿に絡めながらメニューを差し出してきた。その大胆さに驚かずにいられない。何が待っていようとも、なんて意気込んでいたのに、予想外の展開が続いて、どんどん冷静さが奪われていく。おかげで文字もちゃんと読めない。きっと部屋が薄暗いせいだ。夜目が利くくせに動揺の原因を環境になすりつけ、蝋燭に頼ろうとする。

「え、えーっと……おや？」

よく見たら蝋燭じゃない。それに見立てた電気の燭台だ。壁のレンガも本物ではなく、紙に描かれたもの。さらによくよく観察すれば、蘭の角や羽も作り物だった。

どういう事かと首を捻り、数秒の後、急に真相が頭に閃く。

（なるほど！　つまりここって、人間がサキュバスごっこをして遊ぶところなのね！）

改めて店内を見回せば、女性客がサキュバスに扮した女の子を横に侍《はべ》らせ、食事やお喋りを楽しんでいる。そうと分かれば、何も怖れる必要はない。アリアもこの遊びに乗る事にした。ここの連中も、まさか本物の淫魔が来ているとは思わないはず。

（ぷぷぷ。どれだけサキュバスっぽく演じられるか、見せてもらおうじゃない）

すっかり余裕を取り戻し、勧められるままに飲み物や食事を注文した。基本的には精力を吸うだけだが、人間のものを口にできないわけじゃない。

「はい、あーん」

蘭が身体を密着させ、オムライスなるものを食べさせてくれる。飲み物も同様で、アリアは何もせず、ただ彼女の感触を楽しむだけ。これだけスキンシップが過剰だと、きっと亜輝みたいな純情な娘なら、たちまち店員に恋してしまうに違いない。

「んふ。あなた、ずいぶん気前がいいのね。今度はぁ、一緒にチェキなんてどう？」

「うん。何だかわからないけど、いいよぉ」

蘭が、二人の頬を密着させてカメラを構える。要は写真撮影かと即座に理解した。淫魔の本性のままならどうだか知らないが、今は人間化しているのでちゃんと写った。

（んふふー。何ここ、最高！　店の娘も客も可愛い女の子ばっかり）

吸精場としては難しいが、獲物の目星をつけるには最適じゃないだろうか。気づけば、テーブルには空の皿が山積みに。可愛い女の子と遊べたし、街の下見として成果は十分。今日のところは引き上げよう――と思ったアリアに、思わぬ事態が待ったをかけた。

「五万二千八百円になりまーす」

「…………はい？」

「お支払いは、現金でもキャッシュレスでも可能ですが……」

キョトンとするアリアに、サキュバス姿の女の子も戸惑い気味。しばし、非常に気まずい感じの沈黙が流れる。

「あの、お支払いを……」

「ごめん、何の話？」

さっぱり理解できないでいるアリアを見て、女の子は、他の仲間に耳打ちした。そして何が何だか分からないうちに、店の奥の部屋へと連れ込まれる。

「あんた、食い逃げとはいい度胸してるじゃない」

アリアの相手をしてくれたツインテールが、腕組みしながら睨んできた。さっきはあんなにも濃厚な色気で誘惑してきたのに、今は別人のように怖い顔で威嚇してくる。

「くい、にげ……？」

そのフレーズには聞き覚えがあった。頭を捻って、記憶の底から呼び起こす。

（……あ！）

ある先輩サキュバスが人間に化けて遊んだ時、それでひどい目に遭ったと話していた。人間の世界では、お金というものが不可欠なのだとも。魔物の世界には縁遠い取引なので、話半分にしか聞いていなかった。ついでに、アリアは基本的に他人の話を聞いていないとリーヴィアに叱られた、余計な思い出まで掘り起こされる。

「えっと……。あたし、こういうとこ初めてでぇ……そんなにお金がかかるとは思わなくてぇ……。また後で来るっていうのじゃぁ…………駄目？」

あちこち視線を泳がせて、苦笑いで言い訳を並べていたら、ツインテールの目が急角度に吊り上がった。子供みたいな顔をしているくせに、えらい迫力だ。

「そんなので逃げられるとでも？　舐めるんじゃないわよっ。身分証明書、出しなさい」

一時しのぎでごまかそうとしたら、知らない言葉で一喝されて余計に混乱する羽目に。というか、何も馬鹿正直に怒られている必要はない。姿を消して逃亡すれば済む話。似たような店なら周辺にいくらでもある。獲物を見つけるのに苦労はしないはず。それでも、アリアは逡巡《しゅんじゅん》した。この店は意外に居心地がいい。何より女性限定というのが魅力的。

うんうん唸っていたら、ツインテールがアリアの顔を覗き込んできた。無遠慮に顎を掴み、右に左に捻《ね》じ曲げて、しげしげと眺める。

「ねえ、あなた。お金がないっていうなら、身体で払うって手もあるけれど」

身体で払えなんて言われたら、いやらしい想像をするに決まっている。淫魔的に。実際は大違いだったのだけど、しかし、これはこれで悪くない展開だった。

「初めまして、あたしアリア。一緒に気持ちいい事しようね」

アリアは、店の制服を着て接客していた。女性客の頬を舐めるように囁きかけると、向こうも、身を硬くしながらも、うっとりとした視線を送ってくる。

要は、タダ飯の分だけ働けという事。これがメチャクチャに楽しかった。だって女の子に触って、誘惑できるのだ。こんなに嬉しい仕事が他にあるだろうか。

接触ついでに精気もつまみ食い的にいただいて、アリア的に損する点が何ひとつない。

「んふ。あなたの精気、やらしい匂い……。エッチなコトが好きそうな匂いしてる」

「や、やだ……っ」

「大丈夫。あたしも、エッチなコト、だーい好き」

吐息を耳の奥に吹きかける。首筋から耳の後ろにかけて、爪の先で逆撫でする。性的な行為は禁止だというので、できるのは軽いスキンシップくらい。それでも女の子はビクンと身震いし、すっかり熱に浮かされたような顔。

「アリアさんって……まるで本物みたい……」

「お褒めにあずかり光栄だわ」

愛撫は駄目といっても、サキュバスなら指先だけで欲情させられる。むしろ、理性を失わせないように手加減するのが難しい。

働き始めて分かったけれど、アリアに提示された五万という料金は、さすがに高すぎたらしい。相場の五倍から十倍なんて話も聞かされた。それに関しては、接客したツインテールが、別の店員から「お客様に使わせすぎです！」叱られていたほど。

もっと驚いたのは、そのツインテールこそが、ここの店長だったという事実。

「オーナー兼店長の、兎羽部《とわべ》蘭よ」

どうりで、一番背丈が小さいくせに、妙に態度が偉そうだとは思った。

それはともかく、本物のサキュバスであるアリアが、ごっご遊びで負けるわけがない。

その接客術は常連客の間で評判になり、三日と経たず借金返済に至った。

「ねえ、アリアちゃん。これからも仕事を続けない？」

蘭が勧誘してくるのも自然の流れ。当然、異論などあろうはずがない。

そんなわけで、アリアは正式に「サキュバス喫茶・リリン」の一員となったのだった。

毎日が楽しい。可愛い店員や客に堂々と接触できて、仕事ついでに精気も吸える。

人間の常識も、徐々に身に付けてきた。蘭に「履歴書」なるものを出せと言われた時は困ったけれど、店員のひとりに催眠で代筆させて、事なきを得た。アリアが入ってから売り上げが伸びたなんて褒められたし、浮かれ気分で日々を満喫する。

「……といっても、そろそろ本格的に精気を吸収しないとなぁ」

心の充実とは裏腹に、身体は空腹を感じるようになっていた。店のお触りで補充できる精気なんて、微々たるもの。亜輝に貰った分だって、いつまでも持つわけじゃない。

（今夜あたり、ちゃんと襲いに行こうかなぁ）

すでに、店員や客の何人かに目星はつけてある。そろそろ誰か食べてもいい頃合い。

それとアリアにはもうひとつ、クイーンへの貢ぎ物という大事な大事なお役目がある。肝心の事を忘れたら集会場へ逆戻り。それが嫌というわけでもないけれど、今のこの生活を手離すのは、あまりにも惜しい。

「――にしてもアリアちゃんも大胆だよね。食い逃げした店で堂々と働いてるんだから」

「してないですよぉ。しそうになっただけでしょお」

「それにお金を使った事がないって、どんな箱入りお嬢様よ」

店員仲間ともすっかり打ち解け、控室でのお喋りに興じる。その間も、密かに品定めをするのは忘れない。するとそこへ、蘭が顔を覗かせた。

「アリアちゃん、ご指名だよぉ」

アリアは「はーい」と答えながら、頬張っていたお菓子を飲み込んだ。

客は、店頭やテーブル、あるいはホームページなるものに並ぶ顔写真を見て、気に入った「サキュバス」を選ぶシステムになっている。アリアの時のように、店側にお任せという場合もある。一番人気は店長の蘭。新入りのアリアは、指名回数こそ少ないが、徐々にファンを増やして他のみんなを猛追していた。

「んふふー。今日はどんな仔猫ちゃんかな～」

ウキウキと軽い足取りでテーブルに向かう。しかし、そこで待っていた客を見た途端、アリアの顔が笑みの形のまま固まった。行儀よく脚を揃えて座る少女が、ゆっくりと顔を上げる。見間違いなんかじゃない。だって、知っている人間なんて限られているから。

（な、なんで亜輝が⁉）

変だという事はないけれど、こんな店に来るようなタイプとも思えない。意表を突かれて緊張し、ガチガチになって着席する。もし彼女に正体をばらされたら、店にいられなくなるばかりか、巡り巡って魔物狩りに話が伝わらないとも限らない。

（いや落ち着け。確か、この娘の記憶は消したはず。……消した、よね？）

初めての人間からの吸精で浮かれていたので、アリア自身の記憶が曖昧だ。とはいえ今は人間に変化しているわけだし、そうそう見抜かれる心配はない、はず。

「あの……アリアさん、ですか？」

「あ、はい！」

密かに呼吸を整えようとしたら、亜輝からの先制攻撃を食らった。

「あの、あの……もしかして、私の事、覚えてませんか？」

心の中で「ひ〜っ⁉」と悲鳴を上げる。まさかとは思ったけれど、本当に覚えていたなんて。記憶を消すのを忘れたのか、術の効きが悪かったのか。蒼褪めるけど、よく考えたらここでも「アリア」を名乗っているので慌てる必要はない。あくまでも初対面を装い、いつもしているように、彼女の顎に指をかける。

「どこかで会った事、あったかしら。それとも、あたしを誘ってるの？」

「す、すみませんっ。そういうつもりじゃなくて……。あの、その……探してる人に、お顔とかお名前が似ていたものですから……」

驚いた。本当に記憶が残っている。何とかごまかそうとして、わざとゆっくり、亜輝の頬から耳元にかけて撫で上げた。彼女は小さく肩を強張らせ、真っ赤になって俯いてしまう。その反応で、逆にアリアは落ち着きを取り戻し、事情を聞き出す作戦に出た。

「あたしが、その人だと思ったの？」

コクコクと亜輝が頷く。アリアは自分の髪を摘んで確かめた。本来のピンクではなく、ちゃんと黒に変化している。それなのに、顔つきだけで見抜いた彼女に舌を巻く。

いや待てよ、と考え直す。もしかすると、それほどまでに、亜輝がサキュバスに魅了されてしまったという事ではないだろうか。

(たった一回でこの娘を虜にしたあたしって、とっても優秀な淫魔って事？)

さっきまで正体の暴露に怯えていたのも忘れ、急に自信が膨れ上がった。

「ねえ。差し支えなかったら、その捜してる人の事、教えてくれない？」

となれば、ぜひとも彼女の口から聞いてみたくなった。このサキュバスのどこがよかったか、いかに魅力的なのかを。しかし亜輝は、真っ赤に染まった顔を俯かせるばかり。

「もしかしてぇ……その人の事が、好きなんじゃないの？」

さらに畳みかけたら、耐えきれなくなったのか、彼女は両手で顔を覆ってしまう。そればかりか、テーブルに突っ伏して肩を震わせ始めた。

それを見て、通りかかった店員仲間が訝《いぶか》しげに眉を寄せた。

「アリアちゃん、お客さんを泣かせちゃダメだよ？」

「ち……違う、違う！　そんなコトしてないよぉ！」

誤解されたら店長に怒られる。調子に乗りすぎたと反省し、亜輝の髪を優しく撫でた。

「ごめんね。怒った？」

少女がフルフルと小さく頭を振る。そして、耳を澄まさないと聞き取れないほど微かな声で、静かに答えた。

「いいえ……。アリアさんは、何も悪くありません」

呆気に取られ、彼女の顔に穴が開くほど見入った。苛めた相手を責めるどころか、自らに非があるかのように詫びるなんて。

(何よこの娘？　天使!?)

本当に、この純真な少女がオナニーをしていたのだろうか。本当に、淫魔を満腹にさせるほどの淫らな気を放っていたんだろうか。

いや、だからこそなのかもしれない。普段は理性で強引に欲望を抑えつけているのだけど、それゆえに、淫気が濃厚に圧縮され、身体の中に蓄積されているに違いない。

純真にして淫ら。なんて魅力的な獲物なのだろう。お腹の奥が疼く。我知らず唾を飲み込む。もしかしたらアリアは、初手でとんでもない大当たりを引いたのかもしれない。

（うーん、でも……。クイーンの相手役としては、ちょーっと初心《うぶ》すぎるかなぁ）

噂に聞くクイーンのプレイは、相当に激しいらしい。もっと性行為に積極的でないと、きっと心身ともに耐えられない。

（じゃあ……この娘はあたし用にキープ、かな）

美味しい「食事」が確保できた。そう決めた途端、頬を紅潮させてはにかむ少女が、無性に欲しくなる。次はこの娘をどう可愛がってあげようかという妄想が、早くも頭の中でパンパンに膨れ上がっていった。

その後も亜輝は、たまに店を訪れるようになった。人違いという事にしたせいで、喫茶店のアリアに興味をなくした可能性もあっただけに、安堵で胸を撫で下ろす

あれ以来、亜輝のもとを訪れてはいなかった。アリアを恋しく思う気持ちを、さらに募らせようというのが狙い。店でも彼女からのつまみ食いだけは我慢した。なまじ半端に味わうと、自分の方が本格的に食べたい欲求を刺激されそうだったから。

店内での亜輝とは、特に会話が弾むわけでもない。軽く食事をして、時々ニッコリ微笑み合うだけ。アリアもそれで楽しかった。言葉を交わさなくても、彼女の笑顔で、なぜだ

か心が満たされていく。

ただし、身体の方は別問題。

（ああっ、もうっ、我慢できない！）

サキュバスの本能が、構わないからここで襲ってしまえと訴えかけてくる。クビになるのは明白なので実行しないけど、いい感じに性衝動が蓄積していく。

そんな、悶々とした日を送っていた、ある日の事だった。

「アリアさんて……裏、あり？」

亜輝とは別の常連客が、周囲を気にしながら、こっそり耳打ちしてきた。

「…………裏？」

サキュバス的な演技も忘れ、キョトンとして首を傾げる。何について尋ねられたのか、さっぱり見当がつかない。返答に詰まって困り顔をしていたら、蘭が寄ってきた。

「ユカちゃん、どうかしたの？」

ユカというのは常連客の名前。ずいぶんと親しげな様子で、今度は蘭に耳打ちする。

「——え？　うーん、彼女はまだ……」

店長の口がそう言いかけて、ふと、思い直したようにアリアを見た。

「そうね。そろそろ教えてもいいかも」

客が一度退店する。そしてエレベーターに乗り込むけれど、帰るのかと思ったら、なぜか上昇していく。そしてアリアは、蘭に連れられ外階段を昇った。

サキュバス喫茶はビルの四階。目的のフロアは二つ上らしい。金属製の扉が三つ並んでいて、そのひとつの前に蘭が立った。

「アリアちゃん、よく聞いて。無理強いはしません。嫌な思いをさせるつもりもありません。秘密を守れるなら、お給料が上がります。でも誰かに喋ったら、あなたには辞めてもらいます。場合によっては、このお店もなくなります。いいですか？」

「…………は？」

急にまくし立てられて、呆気に取られる。だいたい、新人に店の存亡を問われたところで責任を背負えるわけがない。ただ、いつになく真面目な蘭の口ぶりから、このドアの向こうに、何かしらの秘密が待っているのだけは分かる。

アリアは魔物。人間にとってのリスクなんて、たいした問題じゃない。いざとなれば逃げればいいわけだし、それほど真剣に考える必要などないだろう。

「……分かりました。あたし、店長を信じます」

一応は彼女に合わせ、覚悟を決めたような顔をしてみる。蘭は頷き、扉を開いた。いざとなると、一体どんな怖い展開が——なんて、さすがにちょっと身構える。

それなのに、現れたのは普通の寝室だった。女の子好みに可愛らしく飾り立てられた、何の変哲もない部屋。

「ユカちゃん、お待たせ」

「もうっ。蘭ちゃん、遅い～」

真ん中に置かれた大きなベッドの上で、さっきの女性客が興奮気味の顔で座っていた。店にいた時と大きく違い、身に着けているのはバスタオル一枚。壁際のソファに服や下着が丁寧にたたまれているので、全裸になっているみたいだ。うっすらと肌が濡れているのは、奥の浴室でシャワーを浴びたせいだろうか。

それよりもアリアが気になったのは、妙な輝きを放つ彼女の瞳。もちろん、それがどのような感情によるものかなんて、入室した時点で察知済み。

(うわぁ。この子、すっごい欲情してるぅ)

下の喫茶店でも似た感じではあったけど、今の熱量はその比じゃない。

もう見当はついている。この部屋で何が行われるのかを。ただ、サキュバスモチーフとはいえ、なぜ飲食店にこんな空間が用意されているのかは、さっぱり理解できない。

困惑するアリアを横目に、蘭がベッドに上る。そしていきなりユカと唇を重ねた。二人で互いの肩に手を置いて、ぴちゃぴちゃと音がするほど舌を絡める。

何分間、そうしていただろう。ひと息入れた唇の間に、唾液の吊り橋が揺れている。

「……驚いた？」

欲情に濡れた瞳の蘭に尋ねられ、無言で何度も頷いた。ただし、彼女が想定したであろう答えとは、違う意味で。アリアは、別にキスそのものに驚いたわけじゃない。

（人間も、女の子同士でキスするんだぁ）

その事実に感動したのだ。他種族のサキュバスにさえ異端扱いされてきたので、同性の性的行為は、無条件で嬉しくなってしまう。

「店長、これって……」

「これが、うちの裏オプション。お客様の希望したメンバーが、エッチなサービスをしてさしあげるの。建前上、別の店って事になってるけどね。で、どうする？　ユカちゃんはアリアちゃんとの3Pをご希望……」

「やりますっ。あたし、やりたいですっ！」

蘭の言葉が終わらないうちに、高々と手を挙げ承諾した。細かい事も難しい事も分からないけど、仕事で性行為ができるとだけ理解できれば、後はどうだっていい。この形ならしっかり吸精もできる上に、お金も貰える。デメリットが見当たらない。

「ちょ……。アリアちゃん、よく考えて。それに、このお仕事は……」

「大丈夫っ。あたし、こう見えて口は堅いんです」

前のめりのアリアに、蘭の方が困惑。安請け合いすぎたのか、逆に信用できないという表情をされた。けれどそれ以上に、ユカが早く早くと目を輝かせる。二人の顔を交互に見た店長は、お客様をお待たせするわけにはいかないと判断したようだ。

「それでユカちゃん。今日は、どんなプレイがお望みなのかしら？」

「蘭ちゃんと一緒に、アリアちゃんを苛めてみたぁい」

店長が「だと思った」という顔で苦笑する。このお客様は責めるのが好きなんだろう。

アリアも膝立ちでベッドに上がった。ユカが嬉しそうに抱きついてくる。

（ふふふん、いいでしょう。サキュバス相手に人間がどこまでできるか見せてもら……）

格下の挑戦を受けるつもりで抱き締め返したアリアだったけど、彼女の背中に腕を回しきるより早く、首筋に強烈《きょうれつ》な痺れが走った。

「うひぁあぁうぁぁぁっ⁉」

何が起きたのか理解したのは、声が裏返るような叫びを上げた後。ユカの唇が吸いついて、微細で絶妙な振動を与えてくる。

（ふ、不意打ちなんて卑怯……ん、あ……ヒッ！）

首筋の快感に気を取られていたら、下半身も妖しい痺れに襲われた。ユカの五指が、蠢きながら内腿を這い上がる。今度は声さえ出せずに尻もちをついてしまう。愛撫が局部に届きもしないうちに、下着の内側で恥襞が蜜を漏らし始める。

「な、何これ……ンひぁ⁉」

また変な声が出た。背中から抱きついてきた蘭が、耳に息を吹きかけたのだ。その程度の攻撃、普段なら余裕で耐えられるはず。けれどユカの愛撫で過敏になった身体は、驚くほど刺激に弱くなっている。

(な……何が起こってるの？　まさか、この娘たち本当は淫魔!?)

いや、身体的にも魔力波動的にも普通の人間だ。混乱して悶えていると、蘭に、背中のファスナーを全開にされた。魔力で変形させたものとは違う「人間の衣服」が緩む。その慣れない感触に、なぜか異様に羞恥を覚える。緊張に震える背筋を、ほっそりとした指が下から上まで逆撫でしてきた。その快感が治まらないうちに、舌が耳に突っ込まれる。

――ぴちゃぴちゃ、くちゅくちゅっ。

「んひぅぅあぁぁぁふっ！」

濡れた音に掻き回されて、出した事のない悲鳴が次々と溢れ出てくる。背中の蘭に負けまいとするように、ユカがバスタオルを脱ぎ捨てた。アリアの上半身も完全に剥いて、彼女の乳首をブラに擦りつけてくる。布地が間に挟まれているのに、先端部が硬直しているのを感じる。それに感化されたように、自分の乳首も痛いほど尖ってきた。

「ふぁぁぁ……んあぁぁぁぁ……！」

乳首がカップの内側に擦れて、全身がビリビリ痺れる。無意識に伸ばした手に、ユカの指が絡みついた。掌同士が合わされる事に安心感を覚える間もなく、その指が彼女の口へと吸い込まれた。温かい口腔《こうこう》内で、指先がチロチロ舐められる。ねっとりと絡みついてくる。これほど繊細で大胆な舌の動きは、今まで味わった事がない。

「ひ、ひふっ。んみゃあぁぁぁ」

脱力し、蘭に背中を預けて両脚を伸ばす。それを待っていたように、ユカが素早く下半身へ移動して、右脚のストッキングを脱がしてしまった。手指の爪で、膝頭に円を描く。内腿を撫で上げる。力は入らないのに、脚がビクビク引き攣る。座っているのも辛くなって、ズルズルと仰向けに倒れ込んだ。

「んふ。アリアちゃんて、とっても敏感なのね」

見下ろすユカが、愉快そうに笑みを浮かべる。サキュバスが人間に嘲笑されるなど、何という屈辱。思わぬ快感に翻弄《ほんろう》されて、我を忘れていただけなのに。

「こ……今度は、あたしの番……ンひゃあぁっ！」

身体を起こす前に、ユカの頭がスカートに突っ込んできた。下着をずらして、鼠径部をくすぐるような動きで舐める。舌先が核心部に近づいたかと思えば遠のいて、もどかしい快感が頭頂部を痺れさせる。

「ひ、あ……。い、いつまでそこ……んンッ！」

それが執拗《しつよう》に繰り返されて、アリアは思わず、性器への直接愛撫をお願いしそうになった。淫魔のプライドで言葉を飲み込んだけど、我慢した分、辛さが募る。

それを見抜いたように、今度は蘭がニヤニヤと顔を覗き込んできた。

「ユカちゃんの焦らし責めはどう？　すごく効くでしょ」

「こ、こんなので……あたしは……んひゃあっ⁉」

蘭が上半身に伸し掛かり、再び耳朶《みみたぶ》に舌を這わせる。押し返そうした手はベッドに押さえつけられ、耳が唾液まみれになる音を聞かされる。

（何これ……。あ、頭の中を掻き回されるみたい……！）

快感かどうかも分からない衝撃の中、さらにアリアを混乱させる事態が、下半身に起きた。てっきり淫部に向かうと思っていたユカの唇が、どんどん下がっていく。その思惑に戸惑っていたら、足首を持ち上げられた。そこにもキスするんだろうか、なんてぼんやり考えた瞬間、爪先が生温かい感触に包まれた。

（こ、この娘……足の指を⁉）

舐めている。口に含んで、指の間に舌をねっとり這わせている。キスなんて可愛いものじゃない。まさに足指への舌愛撫。

（ウソでしょ？　人間って、こんな事までするの⁉）

驚愕の感情は、瞬く間に遠くへ流された。感触は気持ち悪いのに、その中に快感を見出してしまう。心よりも身体が先に、感覚を受け入れてしまう。

「あひ、ひあ、んッ……きゅうぅぅぅっ」

初めての異様な快感に抗えない。お尻が浮いて踊る。夢中でシーツを握り締める。

思えば、アリアたちの行為の大半は、魔力を使った胸や性器への直接愛撫。精気を吸うのが目的なので、その方が手っ取り早いからだ。でも彼女たちときたら、まだそういった核心的な部分には触れていない。キスすらしていない。それなのに、指と舌のテクニックだけで、こうも情けないほど悶えさせられるなんて。

「た、助けてっ。それ、駄目、それダメぇ！」

「それって、どれ？　ちゃんと言ってくれないと分からなぁい」

意地悪な声で、ユカが脚を持ち上げた。膝裏に舌を滑らせる。蘭も脇の下を細かな動きで舐め回す。脇腹もくすぐられ、誰がどこを触っているのか分からなくなってくる。

「待って、ウソ⁉　何これイッちゃうっ！　イキそう……うそうそ……イク！」

こんな愛撫で絶頂するわけがない。否定するアリアを嘲笑うように、その感覚が身体の奥から迫ってくる。乳首は天井に向かって硬く尖り、激しく疼いた淫裂が恥液を飛ばす。

「いく、やめ……やだイク……イッ……ンあああぁぁっ‼」

何という屈辱。アリアは服を半分剥かれた状態でベッドに突っ伏し、いまだ息を整えられずにいた。蘭とユカに、嫌というほど弄ばれた。キスもしなければ核心部分に触れる事もなく、十回以上も絶頂させたのだ。問題は回数だけじゃない。サキュバスの自分が人間のテクニックに屈した事実が衝撃で、しばらく立ち直れそうにない。

あんなに集会場で性愛の技を高め合ったのに。まさに千年一日。一族が田舎に引っ込んでいる間に、人間の技量がサキュバスを凌駕《りょうが》したとでもいうのか。

（ていうか、そんな事になってるなら教えてくれないと！）

肝心な事を伝えてくれなかった先輩たちに無言で憤慨していたら、部屋の奥のガラス扉がカチャリと開き、バスタオル姿の蘭が出て来た。

「アリアちゃんも、シャワーどうぞ」

淫魔としての不甲斐なさを反省しないでもなかったけれど、さっぱりした顔で言われたら、やっぱりイラっとした。

「店長ぉ。結局、裏オプションって何なんですかぁ？」

「え、説明したでしょ」

「じゃなくてぇ……。どうしてやってるのって事」

蘭は納得したように小さく頷き、アリアの傍らに腰を下ろした。

「それは……わたしの経験から、かなぁ」

それは質問に対する回答ではないだろう。文句ありげな顔で身体を起こすと、彼女は、最後まで聞きなさいと苦笑した。

「女の子同士の出会いって、意外と大変なのよ。そういう恋愛指向ですってオープンにしている人ばかりじゃないからね。そんな相談をされた経験もあったし、何よりも、わたし自身が出会いの場を欲しかったってのもあったから……作っちゃった」

「…………はあ」

アリアから出るのは生返事。正直ピンとこない。女の子と遊びたければ、好きな時に好きなようにすればいい。

「喫茶店の方は、楽しくお喋りしたい人。んで、こっちはエッチまで求める人向け。そのうちに、お客さん同士が出会って仲良くなればいいの。店員はお客さんと恋人になるわけじゃなくて、あくまでサービスが目的だからね。そこは勘違いしないでね」

「あ、はい。分かりました」

実はよく分かっていないけど、追い追い理解すればいいだろう。

「それで、裏サービスなんだけど……アリアちゃんはどうする？」

「あたし、こっちの方が好きみたいです！」

迷いなく答えるアリアに、蘭が珍しく呆気に取られた顔になった。

精力を集めるなら、喫茶店でチマチマ吸うより直に性交した方がいいに決まっている。しかも獲物が向こうから来てくれる。労せずエネルギー補給ができて、まさに理想郷。

なんて簡単に考えていたのだけど、そんなに甘い話でもなかった。そもそも、裏オプションにアリアを指名する客があまりいなかったのだ。

「うちのお客さんは、決まった相手を求めがちだからねー」

繊細な身体を預けるのだから、安心と信用が大事。実績を積んでいない新人が指名を得るまでには時間がかかるよと、蘭に笑われた。

「話が違うぅ～」

仕事終わり、アリアは文句を垂れながらフラフラと夜空を飛んでいた。せっかく楽ができると思っていたのに、当てが外れて落胆も二倍。

しかし、それは己を見詰め直す切っ掛けにもなった。

最近は、サキュバス喫茶での精気補充で間に合わせればいいやと、手抜きを敢行していた。人間の格好にもすっかり慣れて、今も背中の羽しか出していない。淫魔としての本分を忘れていたのではないかと猛省する。

というか、単純に接客時の吸精だけでは足りなくなってきただけ。そんなわけで、いよいよ久しぶりに、本格的に、女の子を襲ってやろうと気持ちを切り替える。

「よし。今夜は寝床に帰る前に………おや？」

何と好都合な。アリアは空中で小躍りした。眼下に、人気のない夜道を歩く亜輝を発見したのだ。これを逃す手はない。根城《ねじろ》のマンションにも近いし、上空から攫《さら》って連れ込んでしまおう。企みを一気に頭で組み立て、急降下の態勢に入る。

「……ん？」

不快な気配に眉が寄った。亜輝の後ろを、ついて歩く男がいる。当人はさりげない振りをしているつもりだろうが、上から見れば尾行しているのが丸わかり。

「あいつ、あたしの亜輝をどうするつもり？」

様子見を継続するべきか迷った、まさにその瞬間だった。いきなり男が走り出し、亜輝に体当たりを食らわせたのだ。

「「あっ⁉」」

アリアと亜輝の声が重なる。男の手には彼女のハンドバッグ。取っ手の壊れたそれを抱え、スピードを落とす事なく最初の角を曲がって走り去る。

「ま、待って……！　誰か……！」

ひったくり犯の姿を見失い、亜輝が叫んだ。こんな時でも彼女の声は細い。そんなお上品な声量では誰も助けに来てくれない。

「あたし以外はね！」

アリアは男の進行方向に舞い降りた。いきなり女が現れて、パニックになっている。どこから来たんだという目を前後左右に向けるけど、もちろん正解を教えるつもりはない。

「くたばれ！」

渾身の回し蹴りを、ひったくり犯の首に食らわせる。男はその場に昏倒。ちょうどそこへ、亜輝が息を切らして追いついてきた。

「ア……アリアさん⁉」

「ご、ごきげんよぉ～……」

ひったくり男を警察に引き渡したが、名前や住所を聞かれたのは厄介だった。仕方なくマンションの適当な部屋番号を告げる。後で問題になったとしても、それは魔物の関知するところではない。だいたい、本当は逃げてもよかったのだ。けれど恐怖に震える亜輝を一人にするわけにもいかず、仕方なく付き添った。

(この感じだと、今夜は無理っぽいかなぁ……)

警察から解放されても、彼女は蒼褪めたまま。こんな状態の女の子から吸精したいとは思わない。強制的に発情させる事は可能だけど、きっと楽しくないだろう。

ただ、ひとつだけ確認しておきたい事があった。アリアとの関係を尋ねた警官に、亜輝は、通りすがりの知らない人と答えたのだ。

「どうして、あたしを知らないなんて言ったの？」

「…………アリアさんが……困っているみたいだったから……」

確かに、素性を詳しく聞かれたら面倒だと考えてはいた。彼女はそれを、言葉も交わさず表情だけで察したというのだろうか。しかも、アリアに事情を尋ねようともしない。ただの内気な女の子だと思っていたのに、意外と鋭い観察眼と洞察力に舌を巻く。

「ありがとう」

素直に言葉が零れ出る。それを、亜輝は不思議そうな目で見上げた。

「どうしてですか？　お礼を言わなくちゃいけないのは私なのに」

そして彼女は、壊れたハンドバッグを、今度は絶対に離すまいとするように、しっかりと胸に抱えた。

「それ、大事なものなの？」

「いいえ。そういうわけじゃないんですけど……。今日から大切なものになりました」

どういう意味か計りかねる。でもこれ以上は、あれこれ問い詰めるのも酷だろう。

しばらく沈黙が流れる。だんだん気まずい空気になってくる。

「あ、そういえば！　前から気になってたんだけど……」

「あ、はい」

雰囲気を変えようと、意識して明るい声を上げる。亜輝の声のトーンが変わらなすぎてむしろ困惑したけれど、強引に話を続ける。

「サキュバス喫茶の事、よく知ってたね。あなたが行きそうな感じじゃないのに」

「あそこは前から気になっていたんです。でも行く勇気がなくて……。そうしたら、アリアさんが入っていくのを見かけて。まさか、働いているとは思わなかったです」

片手で口元を隠すようにして、亜輝がクスクス笑う。でも、どことなく表情が硬い。よく見れば、身体も細かく震えている。

(まだ怖さが残ってるのかなぁ。やっぱり今夜は……いや、待てよ?)

逆に、そこに付け入るという手もあるのでは。アリアの瞳が淫魔の色に輝く。性を欲する本能が、身体の内側で色めき立つ。

「亜輝ちゃん……」

急に低くなったアリアの声に驚いたのか、亜輝が一瞬、歩みを止めた。その反応は期待通り。彼女の怯えが自分に向かないように注意しながら、細い肩に優しく手を置く。

「こんなに震えて、可哀想。……ねえ。よかったら、今夜はあたしの部屋に来ない?」

彼女の手が、すがるようにアリアの服を掴む。精力は喉から手が出るほど欲しいけど、獲物が糸に絡みつく過程を眺めるのも楽しい。昂揚するのを抑えつつ、黒く長い髪を撫でると、少女は無言で頷いた。その小さな反応に心が躍る。

彼女の気が変わらないうちに、アリアのマンションに連れ込んだ。相変わらず空っぽの部屋で、増えたのはサキュバス喫茶の報酬で手に入れたベッドだけ。他に家具も調度品も必要ないとはいえ、女の子を誘い入れるなら、もっと体裁を整えておくべきだったか。

(ま、後でいいや)

今は亜輝を抱きたい一心で気が逸り、細かい事は後回し。どうせ部屋の灯りは点けないし、彼女もずっと顔を伏せたまま。室内の様子など、ほとんど見ていないだろう。

窓を照らす街明かりを背に、並んでベッドに腰を下ろす。少女の肩を抱き寄せる。

（うわぁ……。この娘、ホントに細ぉい）

そのくせ胸は手に余るほど大きいのだから憎たらしい。ひとまず嫉妬は横に置き、慰めるふりをしながら肩を撫でた。彼女もアリアに身体を預けてきたので、指先で、顎を軽く上向かせてみる。

（あらあら、もうお目目がウルウルしてるじゃない。そんなにあたしが欲しいのかしら）

ゆっくりと顔を近づける。亜輝は避けない。さらに、互いの吐息を感じる距離まで唇を寄せる。それでも彼女は逃げないどころか、震える睫毛を静かに伏せる。正直、その反応は意外だった。もし拒まれたら、魔力で催淫するつもりだったからだ。

ここまでくれば、返事を聞く必要なんてない。アリアは、そっと唇を重ねた。

「…………ん」

亜輝が小さな喘ぎを漏らす。嫌がっていないのは、急に増大した淫気で分かる。でも、それはさらにアリアを戸惑わせた。いったん唇を離し、頬を撫でながら尋ねてみる。

「よかったの？　その……。亜輝ちゃん、好きな人を捜していたんでしょう？　なのに、あたしとキスして……」

すると彼女は、慌てたようにアリアの肩に顔を埋め、それでもはっきり意志を告げた。

「いいんです……。アリアさんが、私を欲しがってくれるなら……」

キュッと、小さな手がセーターを握る。そのいじらしさが嬉しいはずなのに、何だか、複雑な気持ちになった。このアリアも彼女が捜しているアリアも本当は同一人物で、そういった意味で結果は同じなのだけど、振られた気分になったのはなぜだろう。

(やっぱり、魔物より人間の方がいいのかな)

その心情は理解できるとしても、本当の自分が拒まれたのかと思うと面白くない。

アリアは軽く頭を振って、余計な思考を追い出した。せっかく受け入れてくれるのに、自分で自分の気分を害する必要もないだろう。

再び唇を重ねた。軽く吸うと、亜輝の震えが、凍えているのかと思うほど大きくなる。でも、その身体は熱い。体温が上昇していくのを、服を通しても感じる。

驚かさないように注意して、舌を伸ばす。唇の隙間をツンと突くと、反射的に閉じられた。もう一度、今度は強めに催促する。可憐な桃色貝は意外に頑《かたく》なで、なかなか開いてくれない。それでも諦めずに何度もノックしているうち、唇がアリアの唾液で濡れてきた。その潤滑油を利用して、堅い門を強行突破する。

「………………んっ！」

薄闇《うすやみ》の中、二人の吐息と衣擦れの音だけが響く。救いを求めるような視線を亜輝が向ける。でもそれは拒否を意味しない。その証拠に、アリアの肩に置かれていた手が背中に回され、しっかりと抱きついてきた。他者の舌を初めて感じて戸惑っているだけと察し、なだめるように髪を撫でながら、彼女の口腔内をぐるりと一周、舐め回す。

「あ……んッ」

逃げ腰になる少女を、ベッドに押し倒した。片手で頭を抱え込んで、口の中を思いきり味わう。舌同士が触れ合って、ざらりとした感触にアリアの背中も心地よく疼く。亜輝の反応はそれ以上。身体の下で、細い肢体が暴れ回る。

「ん、あ、んっ……あぅン！」

愛らしい吐息がアリアの舌を包む。強張る手に押し返されそうになったので、指を絡めてベッドに押しつけた。本能的な反抗を封じられ、困った少女の腰が何度も跳ねる。

(キスくらいでこんなに感じちゃって……。んふ、可愛い)

楽しくなったアリアは、さらに舌同士を激しく擦り合わせた。くるくると螺旋状に搦め捕り、少女の口腔に溜まった唾液を、わざと派手な音で掻き回す。

「くちゅ、ぐちゅぐちゅ、ちゅぱちゅぱ、ちゅるっ」

「あふ、そんな、あ、あぷ……んふぅっ！」

二人の唾液が混ざり合い、さらに粘着感の増した卑猥《ひわい》な音が部屋中に反響する。亜輝の舌も、伸ばそうという意思は感じられるのに、羞恥のせいか、積極的に動けないでいる。

その戸惑いを払拭すべく、アリアは彼女の服を脱がせにかかった。

(といっても……意外と面倒なの着てるわね)

背中に手を回し、ジャンパースカートのファスナーを下ろす。ストラップを肩から外して脚の方から抜いていく。その間、キスの中断を余儀なくされたのが口惜しい。尻尾や羽が使えれば、もっと簡単だったのに。人間のふりをしている弊害と、人間の身体の不便さに閉口しつつ、それでも最初の関門を抜ければ、後は楽だった。

胸当てから解放され、ブラウスを押し上げるふたつの柔丘。裾から覗く、白い逆三角形。隠そうとして内腿を懸命に擦り合わせているのが、逆に煽情的。

そして、サキュバスだけが感じ取れる、甘く濃厚な欲情の匂い。

「……亜輝ちゃん、すごくやらしい気分になってるでしょ」

覆い被さって囁きかけると、図星を指された彼女は慌てて顔を背けた。がら空きになった首筋へ、すかさず唇を吸いつかせる。

「あッ⁉　ん……っ」

反射的に、亜輝が甲高い悲鳴を上げる。そんなに大きな声も出るのかと苦笑いし、一気にブラウスのボタンを外した。パンツとヘソと、ブラに包まれた乳房までが丸見え。今度は恥ずかしがる余裕を与えず、左脇腹を爪の先で撫で上げた。

「ふぁっ⁉　あ、あ……んあぁぁぁ……！」

亜輝の目が見開かれる。さらに指先でくすぐると、逃げるように腰をくねらせる。右手の責めでそこに気を引いている隙に、左手でブラのホックを外す。緩んだカップの内側へと指先を侵入させるが、まだ乳首には触らない。丘の麓《ふもと》のラインをなぞり、ブラをたくし上げながら谷間を逆撫でする。

「あんっ、んあっ、あっ」

激しく愛撫しているわけでもないのに、少女が面白いように跳ね回る。それと共に、脚の間の性愛器官から、淫靡な匂いが立ち上る。

蘭たちから盗んだ、焦らし愛撫のテクニック。人間の真似をするのは癪ではあるけど、魔力に頼らず女の子を感じさせていると思うと、自分のランクがひとつ上がった気分になる。それよりも、亜輝が身も世もなく悶えてくれているのが、無性に嬉しかった。

「アリア……さん……。意地悪、しないで……」

少女が涙目で訴える。内腿を懸命に擦り合わせている。その奥が、相当に切なくなっているんだろう。本当は、蘭たちにやられた仕返しに、局部へ触れる事なく絶頂させるつもりだった。でも欲情に耐える可憐な姿を見ていると、アリアの方が我慢できない。

「亜輝ちゃん……」

「あ、ふぁ……！」

首に、吸いつく。強張った筋を優しく舐め上げる。少女の痙攣が派手になって、その反応だけを見たら何か異常が起きたのかと思ってしまうだろう。しかしアリアは淫魔。彼女の欲情をしっかりと感じ取り、首筋に吸いつきながら乳首を捻った。

「ひゃうン!!」

今までで一番大きな声で亜輝が鳴いた。もう一度聞きたくなって、再度同じ事をする。けれどよほど恥ずかしかったのか、今度は口を塞いでしまった。

「むーっ」

アリアは意地になり、次の攻撃に移った。たくし上げたブラを通り過ぎ、胸の膨らみを舐め上げる。ツンと尖った乳首を口に含み、舌で何度も弾く。歯で挟んで甘噛《あまが》みする。焦らしなんて性に合わない事はやめて、直接的な愛撫に転じた。

「ひゃん、あん、ンふん……ふぁぁあぁぁぁ……！」

腰を右に左に振って、身体は激しい反応を示す。それでもなお、彼女の喘ぎは控え目。淫魔のプライドにかけてよがり狂わせるべく、敏感なポイントに移動した。

色の薄い乳輪をくるくると舐めてから、丘を下る。唾液の跡を残しながら、小さく窪んだおヘソを舐め上げる。亜輝が「ふぁ!?」と仰け反ると同時に右脇腹へと寄り道。そして左側を指でくすぐれば、どれだけ身体をくねらせても快感からの逃げ場はない。

「ひ、や、あっ、やンっ」

か細くて、でも堪らなく愛らしい喘ぎ声に、頭がのぼせてきた。細身でありながら、ちゃんとくびれた腰を過ぎ、太腿にキスの雨を降らせる。本当は、そこから爪先に至るつもりだった。自分が味わった快感を、彼女にも施そうとして。

（あぁ、でも……美味しそうな匂いがするぅ……）

秘部から立ち上る甘い香りがアリアを誘う。欲情がギラリと瞳を輝かせ、邪魔なパンツを剥《は》ぎ取りにかかった。

「あっ、いやっ……！」

気づいた亜輝と下着の引っ張り合いになる。けれど、欲望を剥き出しにした魔物に非力な少女が敵うわけがない。薄い布切れは無残に引き裂かれ、ベッドの外へと放逐された。

「ああ………はぁぁぁぁッ!?」

亜輝の諦めたような吐息が、一瞬にして驚愕の悲鳴に変わった。アリアが彼女の脚をこじ開け、その中心に口づけたからだ。顔を傾け陰唇とキスする。音を立てて何度も吸いつく。そうしてから、改めて両手で太腿を大きく開き、彼女の秘部をしげしげと眺めた。

「やだ……見ないで……」

「心配しなくても、こんなに暗くちゃ見えないわよ」

もちろん嘘。魔物の目には、彼女の恥ずかしい場所がはっきりと視認できている。

（綺麗……）

アリアは、声には出さず感嘆の息を漏らした。

清楚可憐を絵に描いたような、とても性欲を抱いているとは思えない少女。そんな彼女の淫部も、本人によく似て可愛らしかった。

激しい自慰をしていなかったせいだろう。色素が薄く、形も左右対称で崩れていない。淡い恥毛がなければ、幼女のままかと思うほど。ただ、うっすら綻んだ割れ目を粘り気のある蜜が濡らし、その輝きと濃厚な匂いが、淫魔の欲情を惹きつけてやまない。

「はぁ……！」

べったりと舌を押しつけ、アリアは歓喜に身震いした。堪らなく淫らで甘美な蜜液の味と、そして、膨大な精力が流れ込んでくる。

(凄い……。これが人間の……亜輝の淫気……)

これだけのエネルギーを、淫魔は生み出せない。クイーンの力も、人間のペットを何人も飼っているがゆえ。だから常に獲物を求めなくてはいけないのだけど、この少女の淫気は極上品。ひと舐めしただけで、頭が快感に酔ってクラクラする。

「はぁ……あぁ……。ぺろぺろ、ちゅるちゅる、じゅるじゅる、れろんっ」

「やだ、そんなに……。そんな、アリアさん……いやぁぁぁん……！」

亜輝の喘ぎに羞恥と戸惑いが入り混じる。まだ快感に心を解放しきれていない。そのくせ、両手の指でアリアの髪を掻き乱す。理性と欲望の狭間でせめぎ合う、そんな少女が堪らなく愛おしい。胸が苦しくなるほどの切なさを、舌技で彼女に返す。

「れろれろ、ぐちゅぐちゅ、ちゅばちゅば、じゅるるるっ」

「や、あ、あ……あぁぁぁあン！」

処女の硬さを残す陰唇を、彼女自身の愛液とアリアの唾液とで溶かしていく。舌で掻き回し、柔らかくほぐしていく。そうしているうちに、閉ざされていた門は緩み、内側に眠っている粘膜が、初めての客を迎え入れる。

「はぁ……。亜輝ちゃんのここ美味しい……。ねえ、どう？　気持ちいい？」

「わ、分かりません……分かんないっ……！」

彼女も意外と嘘つきだ。強要するまでもなく脚を広げ、アリアの頭を股間にグイグイ押しつけているくせに。無意識になのだろうけど、可憐な少女のはしたない大開脚に、興奮で頭が沸騰しそう。

「んふ、いいわ。その強情がいつまで続くか試してあげる」

「え？　待って……。あ、やん、あん、ふぁあぁぁぁぁっ!!」

陰唇の門をこじ開け、奥の粘膜を舐め上げた。人間よりも長い舌を突っ込み、熱く蕩けた柔肉をくすぐると、亜輝の身体が硬く突っ張る。

「やん、あん、それ……それ、あぁぁぁあ！」

性器へのキスなんて、きっと彼女には初めての体験。戸惑いと快楽が交錯する初々しい喘ぎに、淫魔としてのプライドと喜びが息を吹き返す。

（そうよ……。こんな反応が欲しかったの！）

アリアに手も足も出させなかった蘭たちの方が変なだけ。自分の愛撫で素直に感じてく

れる亜輝に愛しさが募ってくる。

舐めれば舐めるほど、体内にエネルギーが満ちる。アリアも、かつてないくらいに心が躍った。仲間との遊びでも、こんなにも我を忘れて舌愛撫に夢中になった事はない。淫裂の内側から上端へと移動して、硬く尖った肉芽を責める。

「ちゅばっ、じゅる、じゅるるる、じゅるっ」

「ひ、あ、あん、ふぁッ」

亜輝の声が小刻みになる。身体の震えも大きくなる。絶頂の兆しを感じ、アリアはクリトリスを激しく転がした。

「ふあ!? あ、や……怖い……アリアさんっ！」

伸ばされた両手を受け止め、指を絡める。しっかりと力を入れて握り締めたその瞬間、甲高い悲鳴と共に亜輝の身体が硬直した。

「んッ、あ、あっ、やぁぁぁぁぁ……ッ！」

ピンと伸ばされた脚が、柔らかな内腿が、アリアの頰を息苦しいほどに挟み込む。おかげで逃げ場がなくなって、淫裂から放たれた衝撃に唇や脳天が直撃を受ける。

「あぁ来た……。また来た……入ってくる……。亜輝のが……来る！」

アリアは弾かれるように身を起こした。自分を抱き締め身震いする。最初の夜よりも、多量で澄んだ亜輝の絶頂エネルギーが、身体の隅々まで行き渡る。愛撫をしていた側にもかかわらず、達したような解放感で、脚の間から淫蜜を漏らしてしまう。ここまで強烈な感覚を与えられたのは、今までクイーン以外にはいない。

（これは、なかなかの拾い物だわ）

喘ぐ亜輝を見下ろす。激しく息を荒らげながらも、恥じらいを忘れず両手で淫部を隠そうとしている。そんな彼女が、ふと、うっすらと開いた瞳でアリアを見上げた。

涙目の奥に潜む、欲情の揺らぎ。その熱量に、淫魔としての本能が触発される。身体と心の奥底から、抑制できない欲求が湧き上がる。

（この娘……欲しい……）

誰にも渡さず独り占めにしてしまいたい。そう思った時には、彼女の淫裂に右手の指を添えていた。膣口《ちつこう》の窪みを捉え、静かに埋め込んでいく。

「はぁ……」

愛撫の続きだと思ったのかもしれない。亜輝が深く息を吐く。しかし、アリアがさらに奥まで指を侵入させると、さすがに異変に気がついた。狭くなる膣の奥、侵攻を阻もうとする障害を強引に突破しようとした瞬間、彼女が苦しげに眉を寄せる。

「ア……アリア、さん……？」

手首を掴んで意図を問う。不安げな瞳に応えるように、身体を重ねて囁きかける。

「あなたを、あたしのものにするわ」

それは、了承を得るための確認ではなく、一方的な宣言。彼女の答えを待たず、アリアは膣内の指を押し進めた。

「はッ、あ……ん……！」

もし拒むようなら、羽や尻尾を使ってでも押さえ込むつもりだった。しかし彼女は両腕を肩に回し、懸命に息を整えながらしがみついてくる。同意を得たと解釈したアリアは、最後の関門を、躊躇する事なく突き破った。

「あっ、ぐっ……んっ……あぁぁぁぁッ!!」

さすがの亜輝も部屋中に響く悲鳴を上げ、アリアの背中に指先を食い込ませた。懸命に閉じた目蓋は涙にまみれ、強張った全身を細かく痙攣させる。嗚咽《おえつ》を堪えているように、声を喉の奥で詰まらせている。

アリアの指に、ぬるりとしたものが纏わりついた。破瓜《はか》の血が、その感触が、なぜか罪悪感となって胸を重くさせる。

確かに、この少女は気に入った。でもそれは獲物としての話。純潔を奪ったのも、自分の所有物という印を付けたにすぎない。精力を搾取するためだけの存在に、どうして同情する必要があるだろう。

「アリア……さん……」

苦しそうな息の下、少女が薄く目を開け名前を呼んだ。どうしてか、またズキンと胸が

疼く。その理由は分からないけど、ともかく、痛がっているのを眺めて喜ぶ趣味はない。

アリアは、膣内の指から魔力を送った。途端に、彼女の表情から苦悶の色が消える。のみならず、頬が紅潮し、熱い吐息を漏らし始める。

「アリアさん、あの、私……。あ、あ……？」

戸惑っている。困惑し、視線を泳がせる。無理もない。直前まで処女喪失の激痛に苦しんでいた場所が、耐えがたい欲情に疼いているのだから。己の身体のありえない反応に、どう対処すればいいのか分からずにいる。

「いいのよ、亜輝ちゃん。好きなだけ感じて……思いきりイッちゃいなさい」

唇を重ねて魔力を吹き込む。同時に膣内を指で撫でる。人ならざる力に上下から襲われて、少女の腰が波打つようにうねり始める。

「やだ、こんなの、恥ずかし……やぁぁぁあん!!」

両手で顔を覆っても、淫らな腰踊りは止まらない。そして再び、精力が怒涛《どとう》のように溢れ出す。

「あぁ凄い！　亜輝ちゃんのいやらしさで、あたし、溺れちゃう！」

「やぁぁん、やぁぁぁぁん！」

辱めれば辱めるほど、彼女の淫気が濃度を増す。アリアはそれを、うっとりとした表情で全身に浴びる。二人は羞恥と歓喜の声を上げ、何度も交互に絶頂を繰り返した。

第二章　隷属の悦びへの目覚め

　自分用の食事を確保したところで、アリアは本格的にクイーンへの貢ぎ物を探し始める事にした。昼間はマンションで寝て、日が暮れてきた頃に目を覚まし、サキュバス喫茶に行くまで街中で獲物を物色するのが、最近の日課。

　可愛い娘はたくさんいる。性欲旺盛な女の子も、決して少ないわけじゃない。食料としてなら不足はないだろう。ただ、献上するとなると、物足りなさは否めない。

「そう簡単に見つからないからこそ、高級食材なのね」

　これだけ数がいれば――なんていうのは考えが甘かったみたいだ。

「でも、ま。それってつまり、あたしも味の違いが分かるようになってきたって事よ。お仕事中に散々つまみ食いした成果ね」

　わざとらしい独り言を呟き、街中での探索を切り上げ仕事に向かう。

　若干の嫌な予感に気づきつつ、そこから目を逸らしながら。

　今日は久しぶりの裏オプションだった。しかも、初のアリア単独で。

「あなたのここ、お漏らしでグッショリよ。ふふっ、いやらしい娘」

「ああん。いやらしくてごめんなさい……。アリア様ぁぁぁン」

アリアの言葉責めに、女性がやたらと甘ったるい声で悶える。銀行にお勤めとかで普段はお堅い感じなのに、ベッドでは性格が変わるタイプみたいだ。

何にせよ、苛められるのが好きな相手は大歓迎。横臥して後ろから抱き締め、片脚を持ち上げる恥ずかしい開脚を強いる。そして耳朶を甘噛みしながら、蜜が飛び散るほど激しく淫裂を掻き回した。

「ほーら、イッちゃいなさい！」

「あぁっ、すごいのぉっ。イッちゃいます、アリアさまぁぁっ！」

絶頂の後も愛撫をやめず、彼女を失神寸前まで追い詰める。三回目の絶頂を迎えたところで、ちょうど時間となった。

「――ありがとうございます。アリア様に抱いてもらえるの、夢だったんです」

「あたしこそ、いっぱい元気をもらっちゃった」

それは本当だ。精気を吸わせてもらったのだから。彼女のように、アリア目当ての客が現れ始めた事自体も嬉しい。精神的には満足したと言っていいだろう。

ただし、満腹になったかといえば、話は別。

こんなにもアリアに心酔し、淫欲を解放できる相手なのに、摂取エネルギーは亜輝とは比べものにならないくらいに微弱だった。味も、美味しいとは思うけど、普通というか、それなりというか。

分かっている。これは「贅沢」という類いのもの。極上品と比較なんてするから、他のものが霞んで見えるだけ。

もはや、事実から目を逸らす事はできなかった。亜輝こそが、その極上品。クイーンへ献上するに値する、類い稀なる資質の持ち主だったのだ。

それをアリアは、あろう事か自分のものにしてしまった。味見の段階で気づいていればまだ間に合ったのに、処女を奪ってしまった後では手遅れ。巣立ちできるか試されている最中の雛鳥ごときが、自分のお手付きをクイーンに差し出すなど不敬の極み。

(この娘の処女は、人間同士の行為で喪失したものですって言えば……)

不可能だ。クイーンには、魔力の痕跡で見抜かれてしまう。

「……あの、アリア様。また来てもいいですか？」

「え、あ、もちろん！　裏でも表でも大歓迎だよ」

まだ接客中だったのに、つい考え込んでしまった。アリアは慌てて取り繕い、シャワー室で客の女性とにこやかに会話しながら、後悔に頭を抱えていた。

とはいえ、他にも逸材がいないはずがない。そう信じて日々の喫茶店業務にいそしむ。

「アリアちゃん、指名が入ったよぉ」

「はーい」

　空になった皿を運んでいたら、仲間に呼びかけられた。指定のテーブルに急ぎつつ、サキュバスのイメージを崩さないよう、余裕の態度で歩むのが店の決まり。

「お待たせぇ。あなた、ここは初めて？」

　これも、初来店の客には必ず聞くように指導されている。どうしてだろうと思ったら、雰囲気を壊さず店のルールを説明するためらしい。アリアもすっかり段取りに慣れ、定められたセリフがスムーズに出るようになっていた。ほとんどの女の子は、程度の差はあれ緊張しながら来るので、この時点で店員サキュバスたちの色気に呑まれてしまう。

　ところが今日の客は違った。アリアを見てクスクス含み笑いしている。

「何よその格好。あー、いや。似合ってるよ、うん」

　何だかとても馬鹿にされている。初対面の相手に失礼な人間だ。

「…………ん？」

　魔力の気配がする。というか、これは同族の匂い。藍色ショートヘアの女性客を、マジマジと見れば。

「リーヴィア！」

　思わず声を張り上げて、周囲の目を集めてしまう。慌てて「何でもありません」とジェスチャーで示し、着席した。そしてできるだけ声を潜め、先輩でありライバルのサキュバスを睨みつけた。

「何であんたがここにいるのよっ！」

「それはこっちのセリフよぉ。アリアこそ、こんなところで何やってんのよ」

リーヴィアのからかい口調に、顔が熱くなる。サキュバス喫茶の店員として振る舞うのを忘れ、素のまま不機嫌さを露わにしてしまう。他の客ならどんな演技でも平気なのに、相手が知り合いだと思ったら、どういうわけか無闇に恥ずかしい。

「ま、まずは何か注文しなさいよっ」

「あれあれぇ？　態度の悪い店員さんだなぁ。まあいいわ。えーっとね……」

そんなにアリアの制服姿が面白いのか、いつになくリーヴィアが意地悪だ。メニューを眺める彼女を頬杖ついて眺めていたら、蘭に無言で「ちゃんとしろ」と叱られた。

「で、何でこんな店で働いてるの？」

改めて尋ねられ、アリアは経緯をかいつまんで話した。もちろん、極上獲物の亜輝に関する事は伏せた上で。

「へえ、裏オプション。この店にそんな秘密がねぇ」

リーヴィアが感心した顔で店内を眺める。本当は信用ある常連でないと明かしてはいけないのだけど、人間じゃない彼女に隠しておく意味もない。

「言っておくけど、この店はあたしの縄張りだからね。横取りはダメなんだからねっ」

「しないわよ。ていうかさ、献上品を探すなら、ここって不向きじゃないかしら」

「何でよ」

異を唱えるリーヴィアに、唇を尖らせ抗議する。同性への欲情を抱えた若い女が、黙っていても向こうから来てくれるのだ。こんなに便利な場所はないと思っているのに。

「アリアの理屈も分からなくはないよ。普通に狩り場としてなら悪くないと思う。でも、クイーンは純真清純な処女を、自らの手で淫乱に育成するのがお好きじゃない？」

「………そうだっけ？」

完全に聞き覚えがないので、アリアの知らないところで聞いた情報なんだろう。だからといって「じゃない？」と言われても反応に困る。そんな戸惑いを示す間も与えられないままに、リーヴィアは話を進めた。

「だからさ、性行為を目的にした場所に、そんな清純派が来るか疑問よね」

「そ、そんな事はない……と思う……よ？」

現に亜輝がと言いかけて、口をつぐむ。彼女の事を迂闊に話すと、せっかくの極上品に手をつけたのがばれてしまう。

それに彼女の言う通り、店に来る客は欲望に忠実な娘が多い気がする。どんなにおとなしそうに見えてても、淫靡な雰囲気を自ら演出し、サキュバス店員と戯れる事に積極的だったように思う。裏オプション目当てとなれば、尚の事。

何も知らないリーヴィアに、仲良くなった女の子たちを悪く言われた気がして納得しかねたけれど、貢ぎ物の条件に合わないのであれば意味がない。

今から狩り場を探し直すと、このライバルに後れを取ってしまう。かといって、ここでは可能性が薄いとしたら、それはそれで時間の無駄。

（うーん、うーん。これは、どうしたものかな）

現状では、判断できる基準がない。リーヴィアの言葉に、完全に翻弄されていた。

アリアにはもうひとつ、気がかりな事があった。

最近、亜輝が店に来ない。正確には、処女を奪った直後から姿を見せなくなった。

「もしかして、本当はあたし相手のロストバージンじゃ嫌だったとか……」

あの夜は事情が特殊で、彼女も冷静な判断ができなかったはず。それを分かった上で付け込んだわけだけど、もしかしたら、今になって激しく後悔しているのかもしれない。

「だとしたら、悪い事したな」

獲物の機嫌を気にかけるなんて、魔物らしくない。そうはいっても、自分のせいで塞ぎ込むような事になっていたら、今度はこちらの寝覚めが悪い。

「よし。明日はお店も休みだし、様子を見に行こう」

この前、大学に通っているのだと教えてもらったばかり。何かあった時のために場所も調べたけれど、本当に行く機会があるとまでは思っていなかった。

翌日、珍しく明るい時間に起き出して、亜輝の大学に向かった。歩くには距離があったので、現地までは元の姿で飛んで行く。しばらくすると、郊外に、広い敷地と低層の建物群が見えてきた。

「人影がいっぱい見えるなぁ」

いきなり人の群れの中に降下するのは避けた方がいいだろう。大学手前の適当な木陰で人間に化けてから、門柱に書かれた文字を確かめた。

「えーっと、私立聖嶺《せいれい》女子大学校。うん、ここみたいね」

中を覗くと、妙にガヤガヤ騒がしい。学校というのは静かに勉強するところと聞いていたのに、たくさんの女の子が門を出入りしている。アリアはその群れに紛れ、何食わぬ顔で敷地に立ち入った。

「……ああ、なるほど。ごはんの時間なのね」

食堂や芝生やベンチで、学生たちが食事を摂っている。おかげで目立たず侵入を果たせた。そして、このどこかに亜輝もいるはず。

「そういえば、あの娘って、あたし以外に友達いるのかな」

どこを見回してみても、ほとんどが何人かのグループになっている。こんな風に、彼女が誰かと一緒にいるところを想像できない。

「にしても、学校ってこんな感じ？　聞いてたのと違うなぁ」

見渡す限り若い女の子しかいないし、噂に聞く「制服」も見当たらない。首を傾げながら適当にぶらぶら歩いていたら、肌が、よく知る気配を感知した。

「あら、アリア。…………何よ、その苦虫を嚙み潰したような顔は」

その気配の持ち主から、声をかけてきた。亜輝ではなくて、つい残念さが顔に出る。

「リーヴィアこそ、人間に化けて学校通い？」

「そうでもあり、そうでもなしってところかな」

ライバルの遠回しな言い方に、ちょっとだけムッとする。

「わたしは、ここで獲物を探しているの。アリアが働いている店なんかより、ずーっと、候補が多そうでしょう？」

「そうそう！　何で女の子しかいないの!?」

気になっていた事が話に出たので思わず食いつく。リーヴィア的には狩り場を自慢したかったようだけど、目論見《もくろみ》が外れて面食らった顔になった。

「何でって……門柱の看板は見た？　ここは女子大。女の子だけが通う大学なの。まあ、中年男の講師とか、おじいちゃんの教授なんかもいるけどね」

「ふーん。でもさあ、制服は？　あたし、それ見るのを楽しみにしてたんだけど」

「それは、もっと子供の学生が着るやつ。大学には普通ないわよ」

「へー。そうなんだぁ」

　そんな事も知らないのかと呆れられたけど、物知りな仲間に感心するばかり。手応えがないと思ったのか、リーヴィアは諦めたように溜息を吐いて話を戻した。

「ここには何百人も何千人も女の子がいるの。あんたの店は、多くたって一日に何十人が限界でしょ。どう？　差は歴然だと思わない？」

「う〜……」

　分かりやすく数で説明されたらさすがにアリアも理解できて、急に悔しくなってきた。確かに違いは圧倒的。何か店にも利点はないかと、懸命に頭を捻る。

「おっと。ここは、わたしの縄張りだから。クイーンへの貢ぎ物が見つかるまで、アリアの立ち入りは禁止しまーす」

「何でよ！　分かってるわよ！」

　悔しさのあまり、返答が支離滅裂になる。店からたいして離れていない場所で、こんな有望な狩り場があったなんて。しかもそれを先に取られて、地団駄を踏む。

　ところが、ひとしきり自慢し終えたリーヴィアの表情が、急に冴えないものになった。

「でもねぇ……。今のところ、当てが外れてばっかりなのよ」

　お喋りしながら歩いていたら、いつの間にか校舎の中に移動していた。休み時間のせいか、賑やかな外に比べて、教室の並ぶ廊下は逆に静か。人の気配はほとんどなく、リーヴィアの溜息も、心なしか大きく聞こえる。

「外ればっかり？　こんなに女の子がたくさんいるのに？」

「数がいればいいってものじゃないのね。精気の質も量も物足りない子ばっかり。それにさ、結局、ここには毎日同じ子しか来ないのよね。日ごとに可能性を潰されていく感じで気が滅入るわ」

　さっきより深い溜息を吐く。思惑通りにいっていないのは、彼女も同じみたいだ。

「そういった意味では、あのお店の方が、新しい獲物に出会える可能性は高いかもね」

「で……でしょお？　何事にも一長一短あるものなのよ！」

　自分で利点を考えついたわけでもないのに、気が大きくなって胸を張る。そんな無邪気さに苦笑したリーヴィアが、ふと、ひとつの教室内に目を向けた。

「ほら、例えばあの子だけど……」

　どれどれと、扉に嵌《は》められた幅の狭いガラスからアリアも中を覗く。長机が階段状になった教室は、一見すると無人のよう。しかし、その最上段、一番奥の席に座る少女の姿に息を詰まらせた。

（亜輝……！）

　こんなに近くにいて、どうして気づかなかったのだろう。彼女は、背中を丸めて一心不乱にペンを走らせていた。手の動きから見て、文字ではなく絵を描く作業をしているようだ。脇目もふらず没頭している。それはいいのだけど、どこか人目を忍ぶような、誰かに見つかるのを嫌がっているような。アリアでさえ見過ごしてしまうほどの、存在感の薄さが気にかかる。

加えてリーヴィアが亜輝を知っていた事に、動揺せずにはいられなかった。

「……あの子が、どうかしたの？」

声が硬くなりそうなのを必死に抑え、関係を聞き出す。

「すごくいい精気を持ってはいるんだけどねぇ……あれはダメだわ」

「何で⁉」

つい声が高くなった。リーヴィアが驚いてアリアを凝視する。

「あ、いや……。だって可愛いし？　いい精気を持ってるんでしょ？　なのに何が駄目なのかなーって」

視線を左右に動かし、懸命に言い訳を捻り出す。あからさまに怪しい態度に釈然としない顔をしながらも、リーヴィアは亜輝の方に向き直り、声を潜めた。

「ま、精気はともかくね。実はあの娘……ああ見えて、非処女なのよ。まったく、おとなしそうな顔して、しっかり男とやる事やってるんだもの。何ていうかさ、期待したこっちが悪いっていうか、すごくガッカリ」

散々な言われ方に、アリアは唇を噛み締めた。そうじゃない、亜輝はそんな子じゃないと喉まで出かける。けれど下手に怒ったら、彼女の処女を奪ったのが自分だとばれてしまう。せっかくの献上品候補を傷つけたと告げ口されてしまうかもしれない。

いや、リーヴィアはそんな真似なんてしないだろう。それでも、誤解で亜輝を侮辱されたのが悔しくて、冷静に物を考えられなかった。

（ていうか、あたし何で怒ってるの⁉）

自分の感情の理由が分からなくて、自分自身に怒りを覚える。ふぅふぅと呼吸を整え、急に、ふと疑問に思い至る。そして嫌な考えが浮かんでしまう。

「……あの子が処女じゃないって、どうやって調べたの？」

まさか亜輝を誘惑して、抱いたのでは。亜輝も、アリアよりリーヴィアがよくなったんじゃないだろうか。だから、店にも来なくなった。だとすれば話が繋がる。その考えに至った瞬間、わけの分からない苛立《いらだ》ちが頂点に達しようとした。

（亜輝ったら何のつもり⁉　あなたはあたしのモノだって言ったのに‼）

怒りの矛先が少女の方に向きかけた瞬間、リーヴィアが呑気な声で答えた。

「ああ、本人に聞いたのよ。催眠術で。ほら、わたしってクイーンと一緒で、処女にしか興味ないでしょ？」

でしょ、と言われても、その嗜好《しこう》も初耳だ。単にクイーンの真似をしたいだけだろう。

珍しくアリアの方が彼女に呆れた目を向ける。でも、いま聞きたいのはそれじゃない。

「………聞いただけ？　抱いてないの？」

「うん。指一本、触れてないわよ。言ったでしょ。あの子には興味ないの。だいたい、わたしはアリアほど匂いであれこれ判断できるほど敏感じゃないもの」

逆に、催眠術はリーヴィアの方が遥かに得意。彼女にとっては、ターゲットに直に尋ねた方が早くて確実なんだろう。

心の内で、胸を撫で下ろす。どうしてこんなに安心するのか分からないけど、ともかく自分のものと定めた少女を寝取られずに済んだみたいだ。

（それなら……どうして亜輝は、あたしに会いに来ないの？）

安堵したのも束の間、疑問はふりだしに戻ってしまった。


リーヴィアと話しているうちに、ごはん休憩が終わってしまった。廊下に人が流れてきたので、その場を退散する。亜輝の生活を邪魔するわけにもいかないし、アリアはやむなく、彼女が大学から出てくるのを待ち伏せる事にした。

「わたしは帰るわ。言っておくけど、縄張りを荒らすんじゃないわよ」

あくびをしながら念押しし、リーヴィアは寝床に引き返した。亜輝を待つのに付き添われても困るので、それはむしろ有難い。

「さてと、あたしはどこで時間をつぶそうかな」

大学の正面に、門を監視するのに適した喫茶店があった。もちろんサキュバス店員やメイドなどいない、普通の店。学生客に紛れて、二階席の窓際に陣取る。

「…………遅い」

何時間か経ち、空の色がだいぶオレンジ色に近づいた。大学から出て行く人の流れも、かなり減ってくる。でもその中に、亜輝の姿はなかった。

「コーヒーのお代わりはいかがですか」

店員が、何度目かになる同じ質問をしてきた。カップを差し出しつつ、ふと思った事を尋ねてみる。

「ねえ。あの大学って、出入り口はあそこだけ？」

「いいえ。何か所かありますよ」

アリアはあんぐりと口を開けて固まった。そんな当たり前の事に、どうして気づかなかったんだろう。慌てて店を飛び出しかけて、食い逃げで捕まったトラウマが頭をよぎり、大急ぎで会計を済ませる。

店外に出るなり、本性のサキュバス姿となって飛び上がる。上空から大学を一瞥《いちべつ》し、己の迂闊さに悶絶した。同じような門が全部で三か所。他に駐車場もある。亜輝が車を使っているとは聞いていないが、友人のに乗せてもらって、なんて可能性だってなくはない。

「ああもう。あたしったら何やってんのよ」

せっかくの休日に、何時間も無駄にしてしまった。諦めて帰ろうとして、でも念のために彼女の残り香を確かめる。

「………あら」

匂いを感じる。まだ敷地内にいるようだ。アリアの顔に喜色が戻る。しかし、その表情は瞬時に一転した。亜輝のものと共に、別の気配が漂っていたのだ。

人とは違う、魔物の気配が。

胸騒ぎがして、急降下。地面すれすれを素早く飛んだ。突風が巻き起こり、通りすがった学生に怪訝《けげん》な顔をされる。

敷地の東端にある建物から、ひときわ濃く匂いを感じた。窓をすり抜けて中を見渡す。たくさんの書架と無数の本。図書館というやつだ。数名の学生の姿があったけれど、そこに繰り広げられていた光景は、極めて異様だった。

「みんな、眠ってるの?」

ある者は机に突っ伏し、ある者は床に倒れて。こんなところで全員が寝ているだけでも十分に異常だろうに、彼女たちの手が、股間で蠢いている。欲情に頬を染め、眠りながら自慰をしているのだ。こんな真似をさせられるのは、淫魔以外にない。

「リーヴィア……じゃないな。さっき帰ったばっかりだし。もう、何やってんのよ。まんまと狩り場を荒らされて」

仲間の油断を嘆いていたら、頭上の方で魔力が膨らむ気配を感じた。見上げると、吹き抜けになった二階の手すりに、意識のない少女がひとり、寄りかかっている。

両脚を伸ばし、小首を傾げたように寝ているのは、見覚えのある服装と長い黒髪。

「亜輝⁉」

思わず悲鳴に似た声を上げた。彼女に、怪しい影が覆い被さろうとしている。アリアは弾かれるように飛び上がると、その勢いのまま影を蹴飛ばした。

「ぎゃッ⁉」

不意打ちを食らって、書架の間の狭い通路を黒い塊が飛んで行った。くるりと回転し、獣のような四つん這いで着地したのは女の姿。山羊の角、コウモリ羽。尖り耳。そして、薄暗がりに光る目。

「……あんたもサキュバスね？」

その問いかけに、魔物女は不敵な笑みで答えた。ただし別種の、インキュバスと組んで人間の女性を孕ませるタイプの淫魔だ。異種サキュバスは、亜輝を庇うように降り立ったアリアを見て、少し感心したような顔をした。

「これは珍しい。サキュバスのくせに女ばかり狙う変わり者の一族か」

「あたしから見たら、そっちが変わり者なんだけど」

この際、どっちが正統かなんて問題ではない。

「悪いけど、この子はあたしの獲物なの。横取りは勘弁して欲しいわね」

「知った事か。インキュバスが好きそうな女だったから具合を調べようと思っただけよ。自分のだっていうなら、力づくで奪い返しなさい！」

アリアはゾッとなった。相手が恐ろしかったからじゃない。亜輝が、他種族の淫魔にまで狙われたと知ったからだ。だが彼女は稀に見る上質な淫気の持ち主。そうなっても何も不思議な事はない。

「言ったでしょ。この娘はあたしのもの。他を当たりな！　嫌だっていうなら……」

あえて乱暴な言葉遣いで脅してみたが、異種サキュバスに諦める気はなさそうだ。対峙した二人の間に緊張がみなぎる。互いに爪と牙を伸ばし、羽を広げて威嚇する。

――パチン。

相手が不意に指を鳴らした。何のつもりか分からず眉を顰《ひそ》める。

「………ひっ」

アリアの背後で小さな声がした。反射的に振り返ると、亜輝が目を覚まして蒼褪めている。異種サキュバスが、さっきの音で彼女の催眠を解いたのだ。目が合って、互いに驚き固まってしまう。戦闘態勢の中、それは致命的と呼ぶに十分すぎる隙。

「危ない！」

亜輝が叫ぶ。振り向きざまに放った回し蹴りが、異種サキュバスの顔面にヒットした。

反撃されると思っていなかった女淫魔は、透過能力を使う余裕もない。まともに食らった蹴りに飛ばされ真横の書架に激突。全身を打って呻《うめ》きを上げた。

「うがっ‼」

「あ、ごめん」

あまりに痛そうだったので、ついとぼけた声で謝ってしまった。

「いたたた……。何て乱暴なやつなの」

「この娘を狙った報いよ。足りないなら、もう一発お見舞いしようか？」

床にうずくまる異種サキュバスに、片脚を上げて脅す。忌々しげにアリアを見上げた彼女は、急に力を抜いて「チッ」と舌打ちした。

「やめやめ。ちょっとよさそうと思っただけなのに、ケガをしたんじゃ割に合わないわ」

そして、ゆっくりと立ち上がりながら両手を上げた。それは降参の意を示すというよりも、執念深いアリアに呆れた仕種に見える。どちらにしても、彼女が戦意を喪失したというなら、これ以上は争う必要もない。

「ホントにもう来ちゃダメだからね！　今度は手加減なしでぶっ飛ばすから！」

「はいはい、分かった分かった。まったく……たかが一匹のメスに執着するなんて、本当に変な連中だわ」

一族を侮辱する捨て台詞と共に、異種サキュバスは姿を消した。腹が立ったので、やっぱり追いかけてもう一発食らわせてやろうと羽を広げる。

「………アリア、さん？」

それを、戸惑い気味な声が引き止めた。追撃は諦め、そして何気なく振り返り、今度はアリアの方が困惑する羽目になった。

亜輝が、熱に浮かされたように濡れた瞳を向けている。さっきの催眠の影響が残っているのかと思ったけれど、様子が違う。その視線は、憧憬というか信仰というか、うっとりした感じで、欲情とも微妙に違う。

「アリアさん、ですよね」

もう一度、名前を尋ねられた。答えに窮する。彼女がどっちのアリアに呼びかけているのか判断できなくて。

（えっと……。今のあたしは元の姿なんだから、お店の方は無関係って事でいいよね）

とりあえずそのように推定し、魔物らしい不敵な笑みで向き直る。

「ええ、そうよ。久しぶりね。元気だったかしら」

サキュバスとしては初対面の夜以来のはずだけど、それから何日経ったのか覚えていないので、曖昧な言い回しでごまかした。すると亜輝は、浮かせかけたお尻をぺたんと床に戻し、申し訳なさそうに項垂《うなだ》れた。

「ごめんなさい……。私も、本当はお店に行きたかったんです。でも……」

「そうよ。もっと遊びに来てくれないと………お店？」

アリアは目をパチクリさせ、自分の身体をペタペタ触って確かめる。尻尾も羽も角も出ているし、どう見ても人間態ではなく魔物の姿。

「ちょっと待って。あなた、まさか……」

「こんなところに、本当の姿で来てくれるとは思っていませんでした」

「え？　え？　ちょ……あなた、まさか……あたしの正体に気づいてたの⁉」

事もなげに、さも当たり前のように話す少女に、アリアは格好をつけるのも忘れて取り乱した。店で会った時、別人という事で納得したはず。サキュバス姿だって一度しか見せていないし、いつ、どこでばれたのか見当もつかない。

「お店で最初に会った時に、私を見て驚いていたから……」

がっくりと床に手を突いた。まさか、ひと目で見抜かれていたなんて。知らないふりをしていたのは、別人を演じ続けるアリアを気遣っての事なのか。

「何よそれぇ。それじゃ、あたしが馬鹿みたいじゃない！」

「あぁ違いますっ。もちろん、それだけじゃありません。アリアさんが同じ人って本当に分かったのは、その……」

亜輝は急に居住まいを直して正座した。顔を一層赤く染めたかと思うと、視線を斜め下に落とし、腿の上でモジモジと両手の指を弄ぶ。

「指使いとかが……同じ、だったから……」

何の、なんて聞くまでもない。今度は思わず天を仰いだ。ベッドでの癖が彼女に確信を与えていたなんて、呑気者のアリアにそこまで気が回るわけがなかった。

「で……でも、分かってたんなら尚の事よ！　どうしてお店に会いに来ないの⁉」

己の迂闊さをごまかすため、腰に手を当て上から威圧する。そもそも、彼女に会いたいなら店で待っている必要などない。今日のように自ら動けばいい。しかし、自分に魅了されているはずという自負が、アリアに待ちの姿勢を取らせていた。

「そ、それは……」

彼女は顔色を曇らせた。やはり後ろめたい何かがあるのだ。脳裏にリーヴィアの顔が浮かぶ。指一本触れていないと言っていたけど、亜輝の反応がその言葉から真実味を奪う。アリアの中で怒りが渦巻き、目が痛いほど吊り上がる。

「言いなさい。あたしの所有物の分際で、嘘偽りは許さないわ」

鋭く伸ばした爪を、彼女の頼りない首に押し当てた。もし納得できる答えが得られなければ、喉笛を一瞬で掻き切るつもりで。怒りに駆られた本気の脅し。激情をコントロールできるほど、アリアの精神は成熟していない。

「所有物……」

ところが、ポツリと呟く亜輝の瞳に、さっきの熱量が戻ってきた。命の危機に晒されているとは思えない、恍惚とした眼差しで見上げてくる。

「そっか……。私、アリアさんの所有物になったんですよね」

予想外の反応を見せられて、怒りの感情を押しのけ困惑が再び顔を覗かせる。

(な、何が嬉しいの？　何で笑っていられるの⁉)

元より、口数が少なくて思考が読みづらい娘ではあるけれど、ここまで理解できなかった事はない。まだ人間について理解不足なのか、それとも、根本的にサキュバスとの間に埋められない溝が存在するのか。

「こ、答えなさいっ。他のサキュバスに誘惑された⁉」

ともかく、それだけは確認しなくては。動揺を必死に押し隠し、さらに爪を食い込ませる。それでも亜輝は表情を変えない。痛みは感じているはずなのに、真っ直ぐにアリアを見詰め、そして不思議そうに尋ねてきた。

「他の……って、さっきの人？」

「さっきのもだし、別のサキュバスからもよ！　あなたが処女か確かめに来たでしょ⁉」

「まだ他にもいるんですか⁉」

アリアの詰問に、亜輝が珍しく声を裏返らせる。そんな彼女からは、嘘を感じさせる匂いがしない。少なくとも、リーヴィアに関する記憶はなさそうだ。本当に触れてすらいないのかまでは分からないけど、本人が覚えていない以上、尋問は無意味。

「うぐ……」

　そもそも、リーヴィアだって疑わなければならないような相手じゃない。本当は仲間の中でも一番信頼しているのに、亜輝の浮気を心配するあまり冷静さを失っていた。

「まあいいわ。あなたを責められる問題じゃないし……」

　言いながら、首を傾げる。では、自分は何を問題としていたのだろう。そもそも、何をしにここへ来たのか。

「あ、そうだ！　お店……」

　肝心な事を思い出したところで、にわかに周囲が騒がしくなってきた。異種サキュバスに眠らされていた人たちの催眠が解けて、目を覚まし始めている。

　落ち着いて話ができる環境でなくなったので、亜輝の家へ場所を移す事にした。空から移動のアリアは、彼女の乗ったバスを追い越し、ひと足先に部屋にお邪魔する。

「うんうん、相変わらず綺麗にしているわね」

　ぬいぐるみも調度品も、几帳面に整列している。そして前に来た時には気にも留めなかったけど、彼女の勉強机は結構大きめだった。目につくのは、パソコンと、タブレットとかいう板状の機械。主に絵を描く道具だと、サキュバス喫茶店の店員仲間から聞いた事がある。昼間の亜輝の様子を思い出すと、そういった趣味があるのかもしれない。

「こんなので本当に絵が描けるのかしら。何が何だかさっぱり……おや？」

机の引き出しから、紙がはみ出していた。まるで、慌てて隠した後のように。彼女らしくないなと思い、勝手に開けて無断で拝見させてもらう。

「あらぁ♪」

つい声のトーンが高くなった。だってそれが、裸の女性同士が絡み合う、実に艶っぽいイラストだったから。鉛筆の走り描きで色はないけど、汗に濡れる肌や、伸ばした舌と舌とを繋ぐ唾液のぬめり、そして秘部を愛撫する指先などの描写が、実に繊細で巧み。絵心のないアリアでも、かなりの腕前であるのが理解できる。

「あの娘ったら、本当に見かけによらないのねー」

淫気を察知できるサキュバスでなければ、こんな本性は見抜けないだろう。なんて変な自負にほくそ笑んでいたら、玄関を開けて亜輝が帰宅した。

「すみません、お待たせして………きゃあぁぁぁぁッ!!」

ひったくりに遭った時でさえ出さなかった甲高い悲鳴と素早い動きで、アリアの手からイラストを奪い取った。

「別に恥ずかしがる事ないじゃない。そんなに上手なのに」

「あの、その……か、か、か……勝手に見るのは………」

「ああ、うん。ごめんなさい」

まだ人間の繊細な心の機微が分かっていなかったみたいだ。彼女があまりにワナワナ震えるので、さすがに悪い事をしたと反省する。

「…………どうぞ」

まだ動揺を残した亜輝が、震える手で紅茶を勧めてくれた。一人用の小さなテーブルで向かい合い、では途中になっていた話の続きを、と思ったのだけれど、時間を置いたのがよくなかった。何となく、蒸し返す事に躊躇を覚える。店に来る来ないごとき些事で変に問い詰め、今度こそ嫌われたらどうしようと、迷いが生じていた。

(何をそんな事で悩んでるのよ。亜輝に嫌われようと関係ないじゃない。あたしは捕食者で、この娘は獲物。それだけの関係でしょっ。あ、このお茶おいしい)

自分に言い聞かせつつ、迷いから目を逸らすように紅茶をチビチビ啜っていると、亜輝が小さな声で呟いた。

「……どうしてお店に行かないか、ですよね」

「そう、それ!」

彼女の方から切り出してくれたのに、偉そうな態度でビシッと指を差す。

「所有物なんだから、あなたの方から顔を見せるのが礼儀ってもんでしょっ。あたしに会うのが嫌になった？　お小遣いが厳しいとか？　体調不良って事も考えられるわね。それならそうと言いなさいっ。あたしがどれだけあなたを待ってたと思ってるの⁉」

不義理を責めるはずが、途中で相手の都合を慮《おもんばか》る言い回しが混じる。

「お小遣いが、っていうのもありますけど……それは一番の理由ではなくて……」

「じゃあ何よ！」

別に彼女の言い訳を聞きたかったわけじゃない。もっとアリアに夢中になって欲しいだけ。会いたくて会いたくて我慢できない態度を見せてくれれば、それでよかった。もちろん、話してくれるというのであれば拝聴するに決まっている。

アリアが前のめりになった分、亜輝が上体を後退させる。肩を竦《すく》ませ口籠る。そんな態度を見せられて、自信が急激に萎んでいく。

「やっぱり……あたしが嫌なんだ」

「違います！　逆です！」

「あ、うん……」

今度は亜輝の方が前に出る。どう「逆」なのか分かっていないのに、思わぬ迫力に気圧され、とりあえず頷くだけ。彼女も自分の声に驚いて、またも真っ赤になって俯いた。

それでも亜輝は、視線を逸らしつつも、アリアに向かって顔を上げた。

「しちゃいけない事、しちゃったから……」

「いけないって……何が？」

「お店の人と、一線を越えた事……です」

そんな漠然とした言葉だけで、物分かりの悪いアリアに通じるとでも思っていたのだろうか。首を傾げて「一線？」と聞き返すと、亜輝は困ったような顔になり、そして深く息を吸い込んだ。

「……ああいうお店って、雰囲気を楽しむためのもので、店員さんと本気の恋愛をしちゃいけないんです。それなのに私……アリアさんが、して……くれるのが嬉しくて、その決まりを破っちゃった……。だから、私には、もうあのお店に行く資格、ないんです」

今度はかなり詳しく、噛み砕いて説明した――つもりなのだろう。それでもアリアには理解できない部分が多々あった。

「あたしがしたっていうのは、セックスだよね。店員とエッチしたら駄目なの？」

「そ、そういうハッキリした言い方は……！」

最近になって覚えた言葉なので使ってみただけなのだけど、亜輝はひと言ごとに顔を赤らめ、両手を突き出して話を遮ろうとする。店員仲間は普通に口にしていたのに、人によって羞恥の度合いが変わるような単語なんだろうか。

「恥ずかしがってちゃ分かんないよ。ねえ、どうしてセックスしちゃ駄目なの？」

亜輝は知らないだろうけど、あの店には裏オプションがある。店員と客との行為をそこまで大袈裟に問題視する理由は、さっきの説明でも腑に落ちない。

追及の手を緩めないアリアに、彼女は目眩《めまい》を起こしたように上体をぐるぐる揺らしながらも、懸命に言葉を続けた。

「わ、私も上手く言えないけど……。店員さんが特定の人と仲良くなりすぎると、他のお客さんへのサービスがおろそかになるとか、嫉妬した別のお客さんとトラブルになったりとか……。だから、大概のお店では恋愛禁止になってると思います」

「ふーん。そういうものなの」

そういえば、店長の蘭もそんな事を言っていた。裏オプションは店員と客が恋人になるのではなく、あくまでサービスが目的だと。あの時はピンとこなかったけど、きっとそういう意味だったんだろう。

「……でもさ、亜輝はそれを分かった上で、あたしとエッチしたんでしょ？」

それどころか処女まで捧げて。アリアがサキュバスと分かっていたにせよ、その一線とかいうものを守ろうとは思わなかったのだろうか。

「それは……」

亜輝は、少し困ったように視線を逸らした。そんなに難しい質問だっただろうか。

（まさか、雰囲気に流されて何となく、なんて言い出すんじゃないでしょうね）

だとしたら、やはりロストバージンを悔いているのかもしれない。忘れかけていた不安が再び頭をもたげる。

固唾を呑んで返事を待った。瞬きもせずに亜輝を凝視する。そんな緊張に満ちたアリアの視線に根負けしたのか、彼女は、ポツリと小さく言葉を零した。

「………嬉しかった、から」

「嬉しかった？」

それはアリアにとっても喜ばしい答え。不安から解放されて舞い上がりそうになり、でもちょっと考える。その嬉しかった対象は、アリア個人なのか。それともサキュバス全般の話なのか。エッチできるなら、人間だろうと魔物だろうと、誰でもよかったのか。

その疑問に答えるように、彼女は、イラストを押し込んだ机の方を振り返った。

「笑わないでくださいね。あの、私……ああいうのが……その、好き、なんです」

「さっきの絵？　うん、あたしも好きよ」

女性が獲物のサキュバスなのだから、当たり前。でもそれが安心を与えたのか、亜輝の口が滑らかになってきた。

「何がきっかけかなんて、もう覚えてないんですけど……いつの頃からか、エッチなコトばかり考えるようになっちゃったんです。変だって事は分かっています。女の子なのに、女の人にしか興味が持てなくて、しかも、いやらしい妄想ばっかりして」

言葉を区切り、チラリと上目遣いで表情を窺ってくる。アリア的には変だと思う方が変なのだけど、種族による価値観の違いと割り切り、にっこりと微笑み返した。それでさらに気持ちが軽くなってくれるだろうと思ったら、彼女は逆に顔を曇らせた。

「そんな自分を他人に知られるのが、怖かった……。それなのに、いやらしい気持ちは、なくなるどころか強くなるばかりで。こんな事、誰にも相談できるわけありません。そのうちに自分が嫌いになって……人とも距離を置くようになっちゃいました」

アリアは得心がいった。この少女が、誰よりも無垢でありながら、尋常でない濃厚な淫気を持っていたわけを。あまりに心が純粋すぎて、性欲が強い自分を許せず、鬱積し続けてきたからなのだと。

しかし、そんな彼女の前に、アリアが現れた。サキュバスという、性の欲望を真っ直ぐに受け止めてもらえる存在が。

「やっとエッチできて、それで嬉しかったの？」

「そうじゃありません」

アリアとしては、そんな理由でも構わなかった。でも亜輝は首を横に振った。

「こんな私を、可愛いって……好きって……言ってくれたから……」

アリアは驚き、何度も瞬きした。確かに、そんな事を言った覚えはある。この部屋で、自慰中の彼女に遭遇した時。もちろん深い意味などあろうはずがない。初めて見た人間の痴態を好ましいと感じただけ。

そんな何気ない、気まぐれなひと言を、彼女が大事にしていたなんて。

「私、アリアさんに出会って、初めて誰かに必要とされたって思えたんです。アリアさんに、お前は自分のものって言われて、何ていうか……すごく安心しちゃって……」

うっすら瞳を潤ませ、はにかむ亜輝に、アリアは眉を寄せた。

（あたしに所有物呼ばわりされて喜ぶなんて、おかしな娘だとは思ったけれど……）

まだまだ人間に疎いアリアでさえ、はっきり言える。彼女は、自分を責めすぎだ。人間が性に強い興味を示すなんて、全然おかしな事じゃない。数回とはいえサキュバス喫茶に通ったのだから、同性を求める女性が少なくないのも知ったはず。

（あー……。もしかすると、あたししか見てなかったのかも）

だとしたら仕方がないけど、ともかく自分は変だと思い込みすぎて、自らを孤独に追いやってしまった。しかし、サキュバス相手なら性的趣向を隠す必要はない。性欲を解放していい。彼女の目には、アリアが救世主にも見えたはず。

「……その割に、結構しぶとく抵抗したよね」

「あれは……本当に魔物なんだって思ったら、やっぱり怖くて……。で、でも今は怖くありませんっ。本当ですっ」

「そんなに力説しなくても分かってるわよ」

異形に対する恐怖は、魔物同士にだって存在する。責めるつもりなんて毛頭ない。それでも彼女は、アリアが思っていた以上に気に病んでいたようだ。

「アリアさんが気を悪くしていたらどうしようって心配になって……。でも、どこを捜せばいいのか見当もつかなくて。それで、とりあえず、前から気になってたあのお店を見てみようって思ったら……」

　まさにそこで、入店するアリアを目撃したというわけだ。

「やだっ。私ったらストーカーみたい」

　自分の行動を言葉にして、執着心の強さを自覚したらしい。亜輝は真っ赤に染まった頬を両手で覆った。そんな彼女は、アリアの目にとても愛らしく見える。

「私……初めてがアリアさんでよかった……」

　けれど、恥じらいの中で熱い吐息を漏らす彼女を見た瞬間、アリアの中で焦りのようなものが生じた。もちろん、好かれて悪い気はしない。自分に夢中になれとも命じた。けれどこれは、思っていた形と、何か違う。

「おやおやぁ。人間がそんなに魔物を好きになっても、いいのかなぁ」

　おどけた口調で、ほんのちょっとだけ、試しに突き放してみたけれど、彼女の表情は変わらなかった。むしろ視線の熱量が上昇し、サキュバスの身体をゾクゾク震わせる。

「構いません。私には、アリアさんしかいないから……」

　本当は、欲望をぶつけてくれればそれでよかった。精神的な意味で魔物に依存しようとしている彼女が、逆に心配になってくる。

（でも……）

アリアは生唾を飲み込んだ。処女を失ってなお、純粋なままでいられる少女に。

その瞳は、深い森の湖のように澄んでいる。卑俗な欲情なんて感じさせない。それなのに、彼女にチラリと見られただけで、お腹の奥にひどく淫猥な火種が灯った。それは瞬く間に猛火となって、全身が炙られるような錯覚を起こす。

（何だろう……。何か……変……）

発情した時の状態に、似て非なるこの反応。アリアも亜輝を見詰め返し、二人の視線が絡み合う。途端に鼓動が速くなる。胸が苦しくなって呼吸もままならない。

口の中が渇いて、もう一度唾を飲み込んだ。唇も熱くなって、舌で潤す。

「あたしの事が……そんなに好きなの？」

緊張に掠《かす》れた声で尋ねる。亜輝は一瞬だけ驚いた顔になり、真っ赤になって、小さく、しかし間違いなく、首を縦に振った。

その愛らしい仕種を見た瞬間、アリアの意識が飛んだ。というより、何も考えられなくなった。呼吸を荒らげながら、彼女の隣に移動して肩を密着させる。

「それなら、誓いなさい。あたしのものになると。もう、他の人間にも魔物にも、誘惑されたりしないと」

「それって……私を彼女にしてくれるって事ですか⁉」

亜輝の声が跳ね上がった。すがるような目で、瞬きもせず見詰めてくる。アリアは虚を衝かれて面食らった。もっと、隷属的な意味のつもりだったから。

でも、それでいい。むしろ、それがいいとさえ思えてくる。

「……ええ、その通りよ」

だから、黒髪を撫でながら、頷いた。彼女も、感極まったように睫毛を震わせる。そして上擦った声で、ひと言ひと言、自らの言葉を確かめるように宣言した。

「…………誓います。私、アリアさんのものになります。私の心も身体も、全部、あなたのものです」

アリアは、とっくにそのつもりだった。けれど改めて亜輝の口から聞かされた瞬間、どうしようもない衝動に突き上げられた。

「その言葉、忘れちゃダメよ」

おかげで、威厳を示そうとした声が情けなく上擦った。平静を取り戻せないまま彼女の肩を掴み、唇を重ねる。勢い余って床に押し倒す。亜輝も少し身じろぎしただけで、下から腕を回して抱きついてきた。遠慮がちな指先に首の後ろを撫でられて、アリアの身体が小さく震える。唇が擦れ合う微かな刺激さえ、頭を朦朧とさせる。

「あ、ふ……アリア、さ……んふっ」

彼女も同じ感覚なのか、うわ言のように小さく喘いだ。その呟きで生まれた隙間に舌を押し込む。

（あうっ！）

彼女の舌先と触れ合って、全身がビリビリ痺れた。あまりの心地よさに、思わず心で呻いてしまう。もっと強い刺激が欲しくなって、口腔内を舐め回した。小さな空間で暴れると、キスに未熟な亜輝は対応に困惑し、ぎこちなく動いてみるだけ。でも、その不規則な動きの中で舌同士が触れると、電気が流れたような快感でアリアを痺れさせる。

（やだ、これ……気持ちいい！）

アリアの方が快感に飲み込まれそうになって、慌てて唇を離した。口の周りに付着した唾液を舐め取りながら見下ろすと、亜輝が胸を激しく上下させた。

「あ、ふぁ……。アリア……さん……っ」

「……あらあら。キスだけでそんなに感じちゃったの」

自分も信じられないほど感じたのを棚に上げ、上擦った声で嘲笑してみせる。

「ご、ごめんなさい……」

「駄目なんて言ってないでしょ。もっともっと気持ちよくなっていいのよ」

彼女の唇も濡れて輝く。それを舐め取りながら、手早く服を脱がせた。しかし、このジャンパースカートという代物だけは面倒で気に入らない。

「さては、おっぱいが大きいのを気にして、こいつに押し込めてるわね」

「そ、それは……」

サッと横に視線を逸らす。図星だったみたいだ。他人に自分を知られたくないというなら、目立つのも好まないはず。人目を引くここなんて、隠したくもなるだろう。しかし、アリアの前では奥ゆかしさなど不要。手早く、少々荒っぽく服を脱がせ、瞬く間にパンツ一枚にしてしまう。

「あ、や……きゃんっ」

亜輝本人に抵抗する意思はないようだけど、恥ずかしいと感じる気持ちは別みたいだ。ブラを外した瞬間、乳房を両腕で隠されてしまった。量感のある美乳が揺れる瞬間を観賞したかったのに、邪魔されて唇を尖らせる。

「ンもう。ちゃんと見せて。ご主人様を満足させられない娘は、こうだっ」

「ひやぁぁぁあン!?」

罰として首筋に歯を立てた。少し強めに噛みながら、サキュバスの長い舌で、ねっとりと舐め回す。痛みによる恐怖と、愛撫による快感を同時に与えられ、少女が切なげに内腿を擦り合わせる。

「やっ、アリアさ……ンふぁっ、あう、ンあぅっ！」

「んふふっ。亜輝のお股から、いい匂いがしてきた……」

「やんっ。そんな……やぁぁぁ……！」

淫蜜の匂いを嗅ぎ取られ、亜輝が羞恥の涙を零す。でも、うっすら開いた目蓋から覗く瞳に、拒絶の色は皆無。だから、アリアが唇を重ねると、彼女の方から吸いついてきた。

「亜輝……舌、出して……」

命令すると、ピンク色の先端が、遠慮がちに顔を覗かせた。実に奥ゆかしくて、亜輝らしい愛らしさ。もちろん、そんな程度で許されるわけがない。アリアは唇で獲物を挟み、根本近くまで口腔内に吸い込んだ。

「ん、むぅぅぅ⁉」

勢いよく吸引され、亜輝が目を白黒させる。その反応にほくそ笑む。アリアも、これをされると頭が真っ白になるほど気持ちいい。

「ちゅぱ、じゅぱ、じゅるるる、じゅるぅぅぅっ」

「むふぅぅぅっ！」

唾液と舌を吸い上げると、亜輝の背中が仰け反った。もう胸を隠していられる余裕もないのか、強張った彼女の手が、アリアの羽を握り締めた。少々乱暴にされたところで支障はないけど、ちょっと痛い。なので強引に吸うのをやめ、優しいキスに切り替える。

「ちゅ、ちゅる、ぴちゃ、ちゅ」

「あふ……。アリアさん……はぁぁぁ……」

彼女の手が離れた隙に、指を絡めてベッドに押しつけた。改めて舌を吸いながら、アリアも胸を露わにする。

（硬くなってる……）

部屋の空気に触れて初めて、自分の乳首が張り詰めているのに気がついた。それを、やはりコチコチに硬い彼女のものに重ね合わせると、痺れる快感が背筋を走った。

「は……あぁぁぁぁ……」

亜輝の口からも吐息が漏れる。少女の甘い息に酔い痴れて、背中で円を描く。二組四つの乳首が転がるように絡み合い、さらに背中を快感がくすぐる。

「どう、亜輝……。おっぱい、気持ちいい？」

彼女も快感に耐えているのか、懸命に目をつぶってコクコク頷いた。健気な仕種は愛らしくて、それゆえに、嗜虐心を刺激されずにいられない。苛めたくなって堪らない。

「黙ってちゃ分からないなぁ。気持ちよくないのかなぁ」

「き、気持ちいいです！　とっても……あ……」

意地悪な声で囁きかけると、彼女は慌てて返事をした。でも快感を告げた自分の言葉が恥ずかしかったのか、泣きそうな顔で唇を噛み締める。その表情だけで堪らない満足感。だけど、もっと欲しい。もっと恥ずかしい目に遭わせたい。

「どこが気持ちいいの？　ちゃんと教えて。あたしのモノになった亜輝ちゃん」

「そ、それは……」

所有物としての自覚を促しながら、さらに突っ込んだ返事を迫る。彼女は涙を浮かべ、唇を震わせて、それでも懸命にアリアを見上げながら呟いた。

「お……おっぱい、です……」

「おっぱいの、どこ？」

もはや答えを誘導しているようなものだけど、彼女を辱めたい一心で、突起同士を擦り合わせる。その強引さに負けて、亜輝はもっと涙目になって声を震わせた。

「ち、ち………乳首っ、が……気持ちいいですぅ！」

そう亜輝が叫んだ瞬間、淫気が部屋から溢れんばかりに膨れ上がった。調子に乗って苛めすぎたかと思ったくらいなのに、羞恥がここまで彼女を煽り立てるなんて嬉しい誤算。それどころか膨大すぎる淫気を吸いきれず、理性の糸がプツンと切れた。

「ふあぁ……亜輝、亜輝ぃ！」

彼女の唇に吸いついて、ちゅばちゅばと激しい音を鳴らして吸いまくった。両手で乳房を揉みしだき、硬い乳突起を摘んで苛める。

「あ、アリア……アリアさ……むふぁあ……っ」

羞恥から逃れるためか、彼女の方から舌を伸ばしてきた。最初の慎ましさが嘘のような大胆さで深く挿し込んでくる。アリアも息を荒らげて擦り合わせているうち、口腔内に唾液が溜まってきた。あまりの量に、舌が粘液プールで泳いでいるような錯覚を起こす。

「あぶ、あぷ……亜輝……ずる、じゅる、ずるるっ」

「アリアさん……ん、あふ、んぐっ」

二枚の舌で攪拌《かくはん》された粘液が、細かく泡立ち混ざり合う。息をするたび、舌を動かすたび溢れ出て、口元から顎、首に至るまで粘ったものでベタベタに濡れる。その感触に頭が沸騰し、無我夢中で彼女の乳房を捏ね回す。

「あん、んあ、あふ、んぷっ」

快感と唾液に溺れそうになる少女が愛おしい。本当は、もっと別なところも触ってあげたい。だけど、唇も両手も吸いついたように離れてくれない。

(あぁ……。あっちの方から美味しそうな匂いがするのにぃ……！)

彼女の秘部が大洪水になっているのは分かっている。もっと愛撫できる手を欲して、もどかしさに腰を振る。その動きで細長いものがぺちぺちとお尻を叩き、自分にはまだ使えるものが残されていたのを思い出した。

(このところ人間態になってる事が多い弊害かしら)

ともかくアリアは、自分の脚の間から、するすると蛇のように尻尾を通した。そして、亜輝の身体に残った最後の下着の、中心線を撫で上げる。

「あ、あんッ」

甲高い声で少女が仰け反った。弾みで唇が外れ、濃厚な唾液の糸が二人を繋いだ。可憐な少女の唇が、粘液に蹂躙《じゅうりん》されたように卑猥に輝き、アリアの興奮が頂点に達する。

「亜輝、可愛い……亜輝っ！」

「あ……きゃっ⁉」

両手で彼女のふくらはぎを持ち上げた。両脚が大きく開き、下着の中心が丸見え。抵抗される前に、その布切れを尻尾でぺろんと剥いて、お尻を半出し状態に。

「ひやん⁉　あ、や……こんな格好……やぁぁぁン！」

「ウソ言わないの。嫌ならこんなに濡れないでしょ。ほら、自分の音を聞いてごらん」

そのまま一気に脱がせたパンツを投げ捨て、露わになった淫裂を尻尾の先で掻き回す。

ぴちゃぴちゃぐちゃぐちゃと、粘着質の卑猥な音が、彼女の耳を否応なしに侵食する。

「やだ、そんなの……助けて……あぁぁぁん」

本当に恥ずかしいのか、亜輝は何度も気を失いかけた。そのたびに淫襞や陰核《いんかく》をくすぐって意識を呼び戻す。羞恥と快感の無限ループに、彼女がぽろぽろ涙を零す。ワナワナ震える両手の指で、ピンクに染まった頬を覆い、混乱の極みに陥っていく。

「許して……助けて、アリアさん……あん、あん、ンあぁぁぁんっ」

言葉とは裏腹に、彼女の脚が開いていく。清楚な少女のはしたない開脚に、アリアの鼓動も際限なく高鳴っていく。自分は愛撫されていないのに、まるで同じ責めを受けているように淫裂が疼く。

「はぁ……はぁぁぁぁ……！」

呆けた顔になったアリアの唇から、唾液が垂れ落ちる。亜輝はそれを乳房で受け止め、自ら肌に塗り込むように揉みしだいた。

「亜輝ったら、いやらしい。あぁ……あなたの匂い、どんどん美味しくなってくる……」

「だって、だって……ンあぁぁぁん……」

甘えた声で亜輝が泣く。欲情を制御できない恥ずかしさと、アリアと交わる悦びに葛藤しながら。淫裂からダラダラと蜜を零し、ハート形の尻尾の先をぐっしょり濡らす。奏でられる粘った音に、アリア自身も我慢ができない。

「はぁ……はぁっ！」

亜輝の左脚を解放し、右脚を胸に抱え、股間同士を密着させた。寝そべった亜輝と身体を起こしているアリアが直角に交わり、ふたつの濡れ淫襞が絡み合う。

「亜輝……んあぁぁぁっ‼」

「アリアさ……あぁぁぁぁん‼」

淫唇同士の卑猥なキスに、二人は同時に背中を仰け反らせた。ビリビリ痺れる快感が体内を走る。身体中が嬌声《きょうせい》という悲鳴を上げる。

「ア……アリアさんっ。それ……それ……あぁぁぁんっ」

「亜輝、あたしも……ふぁ、んあ、ひぃぃぃっ」

互いに何を言いたいのか分からないけど、きっと考えているのは同じ。気持ちよすぎて辛い。なのに腰が止まらない。淫裂同士を擦り合わせるのを、やめられない。

「もう、私もう……あ、きゅうぅぅぅッ」

亜輝が絨毯に指を立てる。零れる唾液を拭う事もできず、腰をうねらせる。恥ずかしがり屋とは思えない卑猥な動きは女の本能なのか。そんな事を考える余裕もなく、二人とも昴りの頂点に向かって暴走し続ける。

「アリアさん、アリアさんっ、私……あぁぁぁ、あぁぁぁぁぁあっ！」

「あたしもっ、イクっ！　亜輝、亜輝ぃぃぃっ！」

同時に昇り詰め、身体が引き攣る。腰が勝手に動いて、絶頂で過敏になった淫裂を刺激する。感じすぎて辛いのに、身体がいう事を聞いてくれない。

「ひぁっ、あん、アリアさん、助け……やぁぁぁっ」

「亜輝こそ、止まって……ひぃぃぃンッ！」

サキュバスなのに、人間と一緒になって絶頂直後の鋭敏さに翻弄される。

「ふあ……アリアさん……アリアさぁぁん……」

亜輝も忘我の境地から戻って来られない様子。しかも、淫気は収束の気配を見せない。

(ていうか……多すぎない!?　早く吸収しないと、この娘の理性が壊れちゃう！)

アリアは必死に身体を離し、背中の羽を目一杯に広げた。皮膜が、絶頂で放たれた膨大な精気を受け止める。性器から尻尾から、身体のあらゆる場所で吸収していく。

「気持ち……いい……」

亜輝が、ポツリと呟いた。ふと見ると、彼女は仰向けのまま、小さく身悶えしていた。目蓋を閉じ、眉を寄せている。軽く握った左手を口元に添えている。切なげで、恥ずかしそうな仕種をしている一方で、右手がせわしなく動き、脚の間を慰めている。

アリアに精気を吸われながら、オナニーしているのだ。

「あぁぁ……すごい……。アリアさんに吸われるの……き、気持ちいい……」

「亜輝、あなた……！」

アリアは感激で胸を震わせた。彼女が、精気を吸われる事に性的な快感を覚えている。それはすなわち、サキュバスに隷属する悦びへの目覚め。

「亜輝、可愛い！」

「え、あ、やぁぁぁん」

飛びつくように抱き締めると、少女も戸惑いながら腕を伸ばしてきた。間近で微笑み合い、どちらからともなく唇を合わせる。そうなれば、もう止まらない。アリアは彼女の首筋に顔を埋め、再びの絶頂に向かって柔らかな身体をまさぐり始めた。

第三章　二人だけの時間

亜輝は、再びサキュバス喫茶に通い始めた。もちろん、指名するのはいつもアリア。

一度だけ、他の店員と喋ってみたらと戯れに尋ねてみたけど、やっぱり、よく知らない人には苦手意識があるようだ。それどころか「私が他の子と遊んでも平気なの？」とでも言いたそうに拗《す》ねる素振りさえ見せてくる。

（ま、あたしの所有物を他の子と遊ばせる必要なんてないし）

彼女の反応は、むしろ満足。ただそうなると、今度は別の不満が生じてくる。

店では普通に会話できればいいと思っていた。でも肩が触れ合うほど近くにいるのに、直に肌の温もりを確かめられないのは、どうしたって欲求が溜まる。

お預けを食らうのも、それはそれで食事を美味しくする秘訣。空腹こそ最高の調味料。控室のテレビで誰かが語っているのを聞いたけど、そんな詭弁など、魔物、特にアリアには通用しない。せっかく裏オプションがあるのだから、利用しないともったいない。

というわけで、思いきって蘭に許可を求めてみる事にした。

「店長ぉ。今度、裏オプションの事を亜輝ちゃんに教えていいよね？」

「だめ」

「なんでよ⁉」

素っ気なく却下され、素《す》っ頓狂《とんきょう》に声が裏返る。亜輝も来店回数を重ねているし、口の堅い真面目な娘だし、許されない想定なんてしていなかった。

「あの子が信用できないっていうの？　あたしが保証するんじゃ足りない⁉」

怒り心頭で詰め寄っても、真顔の蘭は腰に手を当て微動だにしない。厚底スニーカーを履いても彼女の方が小さいのに、眼力の強さで負けそうだ。

「裏オプションを教えるかどうかは、店長のわたしが直に接客して判断する事になってるの。それがルールよ」

「で、でもさぁ……」

ルールという言葉には弱い。慣れてきたとはいえ、まだ人間世界の決まり事に疎いところがあるからだ。唇を尖らせ承服しかねていると、蘭の顔が苦笑いに変わった。

「別にあの子を信用してないわけじゃないわよ。でもさ、アレって、店員のみんなを守らなくちゃいけないものでもあるからね」

誰もはっきりとは言わないけれど、人間の世界では、仕事でセックスする事を好ましく思わない風潮があるらしい。中には軽蔑する人までいるというのだから、サキュバスには理解できない感覚だ。

そんな世の中において、裏オプションに従事する女の子たちの秘密なんて、絶対に漏れてはいけないもの。蘭が判断すると言っているのは、きっと、自らがその責任を背負おうとしているからなんだろう。

理屈は分かった。けれど、亜輝がアリア以外に心を開くだろうか。店長と二人きりで、信用を勝ち取れるとは思えない。

うんうん唸って悩むアリアの額を、呆れ顔の蘭がピンと指で弾いた。

「あいたっ！」

「あんたの方が、よっぽどあの子を信じてないじゃない」

おでこ以上に、胸を強く突かれた思いになる。そんな言われ方をされたら、確かに亜輝に申し訳ない。その一方で、蘭に彼女の何が分かるというんだという反発も覚えた。

「そんなに心配なら、あんたも同席すればいいでしょ」

「いいの⁉」

半分は通過儀礼みたいなものだからと、蘭が笑った。

「――てな事があったのよ」

「ああ……。だからあの時、指名してない店長さんがいたんですね」

裏オプション部屋の浴室で一緒にシャワーを浴びながら、亜輝が小さく頷いた。

蘭は、あっさりと合格を出した。彼女の様子は普段から観察していたとの事で、本当は申し出た時点で許可するのは決めていたらしい。それでも面接という形を取ったのは、アリアと亜輝に、秘密厳守の自覚を持たせるためだったみたいだ。

そんなわけで、今日は亜輝の初裏オプション。一応、ここは仕事の一環なので、今日はサキュバスではなく人間態でサービスするつもり。

ただ、アリアはウキウキ心を弾ませているのに、彼女はどこか浮かない顔。

「ここって別料金ですよね。なのに、店員のアリアさんが支払うっていうのは……」

「気にしない気にしない。これは、あたしのワガママ。あたしが亜輝と遊びたかっただけなんだから。それに人間と違って、あんまりお給料の使い道がないのよ」

服は買う必要がないし、食事も基本的に精気があればいい。こうして遊ぶ以外に目的がない。気まぐれに付き合ってくれるお礼だと言うと、ひとまず亜輝も納得してくれた。

「……そういえばさ、亜輝って、前にお小遣いがどうとか言ってなかった？」

彼女の背中のボディソープを流しながら尋ねる。一時、店から足が遠のいたのは、それも理由のひとつだったはず。

「ああ……。それなら大丈夫です。バイトみたいな事をしているので」

「バイト？」

「はい。例えば……この辺りのメイド喫茶の何件かで、看板用のキャラクターとかチラシとか描かせてもらってるんです。リリンの隣のお店もですよ」

「……ああ、あれかぁ」

初めて人間態でこの街に来た時、道端でチラシを貰ったのを思い出す。そうと知っていれば保管しておいたのに、いつの間にか失くしてしまった。

それにしても、彼女が絵を生業《なりわい》にしていたなんて初耳。内気で人が苦手なのに、どうやって仕事を得たり、打ち合わせをしたりしているのだろう。

「えっと……ネット上に絵を発表できる場所があって、そこに連絡先を載せておいて、後はSNSとかメールとかで、顔を合わせなくてもできるので……」

「へー」

相槌は打ってみたけど、あからさまに生返事。話の九割以上が理解できない。とりあえず、サキュバス喫茶で遊ぶくらいは大丈夫という事だけ分かれば十分だ。

「さて。難しい話はやめてエッチしよ」

身体を拭くのももどかしく、亜輝の手を引いてバスルームから出る。そしてベッドに押し倒し、いつものように身体を重ねようとした。

「ま……待ってくださいっ」

けれど、下になった亜輝が押し返してくる。何か気を悪くしたのだろうかと怪訝な顔をすると、彼女は、まるで一大決心を表明するかのように、大きな音で喉を鳴らした。

「あの……今日は、私にさせてもらえませんか？」

「それって、亜輝がサービスしてくれるって事？」

緊張しているのか、亜輝は人形みたいに不器用な動きで、何度もコクコク頷いた。

「いっつも、私ばっかりしてもらってるから……」

それは精気をいただくためで、特別な意味があるわけじゃない。でも、一方的に快感を与えられるのを、心苦しく思う気持ちは分かる。彼女が絶頂しないと精気は吸収できないけれど、それは自分が奉仕を受けた後でも構わない。

(そういえば、される側になるのも久しぶりだな)

初めての裏オプションで人間二人に翻弄された、苦い思い出が甦《よみがえ》る。とはいえ、あれは蘭たちがどうかしているのであって、そこまでのテクニックを亜輝が持ち合わせているはずもない。せっかくの心遣いなのだし、安心して身を任せる事にした。

「うん、分かった。お願いするね」

身体を入れ替え、アリアが下になる。彼女の長い髪が、頬に垂れてくすぐったい。亜輝に見下ろされる格好は新鮮だ。ただ、目が真剣すぎて、ちょっとばかり怖い。

「リラックスして、好きなように触っていいよ。人間よりは丈夫にできてると思うから」

微笑みかけて、手を取り胸に導いた。大きさでは彼女に敵わないけど、形や弾力、肌触りだって負けているつもりはない。

亜輝が、大きく深呼吸。乳房を覆う指から、力みが抜ける。そんな彼女と目が合った。

視線を絡み合わせながら、ゆっくりと顔が近づいてくる。

「はぁ……」

吐息と一緒に、唇が重なった。今日は、彼女も最初から積極的に舌を入れてくる。柔らかな感触に擦られて、脚の間が小さく疼く。ただ、動きはぎごちない。アリアがしていた事を懸命に真似ているけれど、やっぱり、たどたどしさは否めない。

教えてあげようとして、やめた。サキュバスの同族は言うに及ばず、裏オプションの客たちもエッチが達者な子ばかりで、こんなに不慣れなキスは貴重に思えたからだ。

キスや愛撫のテクニックなんて、後からいくらでも身に付くもの。だからこそ、今しかない不器用さを楽しんでおくのも悪くない。処女を淫乱に育てるのがクイーンの趣味と聞いたけど、その楽しさを垣間見た気がする。

「あの、ごめんなさい。あんまり上手じゃなくて……」

唇を離して息継ぎした亜輝が、申し訳なさそうな顔になる。アリアは彼女の頬に手を添えて、啄《ついば》むようにチュッと口づけた。

「ううん、とっても気持ちいいわ」

お世辞と本音が半分ずつ。肉体的な快感は満足いくものではないし、欲求不満がなくもない。それなのに、胸の中は温かいものに満たされている。

(あたし、集会所でも子供扱いが多かったもんなぁ)

教える立場になれて嬉しいのかもしれない。そんな風に自分の心情を想像しつつ、彼女に次を催促した。

「さ、次はどこを気持ちよくしてくれるのかな」

乳房に乗っていた彼女の手を軽く握り、さりげなく下半身に誘導しようとする。でも、緊張していた亜輝はその意図に気づかなかったのか、首筋に思いきり吸いついてきた。

「ひぁあン⁉」

敏感な場所へ不意打ちキスに、さすがのアリアも悲鳴を上げる。その甲高い声に彼女の方が驚いて、身体を跳ね起こしてしまった。

「ご、ごめんなさい！　あの……」

「ああっ、違う違う！　あたしの方こそごめん。思ったより気持ちよかったもんだから」

少女が両手で口元を覆って狼狽《ろうばい》したので、慌てて取り繕う。せっかく自分からやると申し出てくれたのに、アリアの反応が悪かったら自信を失わせてしまいかねない。現に、気後れした顔になり、次の行動に出ていいものか迷っている。

（もっと亜輝を信じて、身を任せるべきじゃない？）

愛撫の手順なども、彼女なりに考えているはず。余計な口出しや誘導など無粋だろう。そう決めてみると、初心者ゆえの予想できない攻撃が、むしろ楽しみに思えてきた。

「お願い。今のところから、もう一回やって」

首を差し出し、甘えるように続きを促す。彼女は頷く代わりに目を閉じ、再び唇を寄せてきた。恐る恐る、微細に振動しているのが、妙に心地いい。

「はぁ……」

吐息が漏れる。それが彼女を勇気づけたのか、さっきより強く押しつけてきた。舌や唇で撫でたり吸ったりと、アリアがしていた愛撫を真似している様子。頭を痺れさせるほどの快感には至らないけど、髪を撫でて心地よさを伝える。そして、もっと気分を盛り上げるため、あえて声を出してみた。

「ん、あ……。そこ、もっと………あッ」

彼女の舌の動きに合わせ、身体も小刻みに跳ねさせる。もちろん、八割方は演技。そのはずだったのに。

「え？　あ？　ん……はぁ……」

だんだん肌がピリピリ痺れてきた。胸が高鳴って、手足も無意識に動いてしまう。執拗に舐められ続けている首筋から、淡い電流が全身へと広がっていく。

「あ………ッ！」

チュッと軽く吸われただけで、ひときわ高い声が出た。今度は演技なんかじゃない。鮮烈な衝撃が一気に股間へと走り抜ける。淫裂から、じわりと蜜が滲《にじ》み出る。熱い雫がお尻の方へと流れ落ちる。

（な、何で？）

こんな愛撫で、と言っては一生懸命の彼女に失礼だけど、正直、サキュバスを感じさせられるほどとは思えない。今まで相手をしたどの客と比べても、遥かに未熟。

「アリアさん……」

首舐めの途中、亜輝が、うわ言のように呟いた。首をくすぐる微かな吐息が、全身の肌をビリビリ痺れさせる。愛液も量を増してさらに溢れる。自分の身体の反応に戸惑い、いったん愛撫を中断させようとして手を伸ばす。でも、せっかく彼女の調子が上がってきたのに、自信を削ぐような真似はしたくない。

「……ひゃっ⁉」

そのわずかな躊躇の間に、亜輝の舌が移動した。耳朶の外縁を、下から上に逆撫でされる。歯を立て甘噛みされる。

「あふ、あんっ」

背中が小さく仰け反った。その突き出された胸を、小さな掌が覆う。膨らみを転がすように撫でながら、指で揉む。肌がどんどん敏感になって、わずかな刺激で身体が跳ねる。腰を左右に振って悶えてしまう。

別に、彼女の愛撫が上達したわけじゃない。拙《つたな》い手つきに、身体が過剰反応している。

「な、何でこんな……あ、うン、あん、んぁッ」

顔を横に向けてキスを求める。伸ばした舌同士を、踊らせるようにして舐め合う。少女の唾液の味と匂いが、アリアの頭をクラクラ酔わせる。

ふと見ると、閉じた亜輝の睫毛が細かく震えていた。生まれたての子供のように無垢な表情で、淫らな行為をしている少女の光景に、秘裂が疼いて堪らない。

「お願い。下の方も……」

身を任せると決めたばかりなのに、股間の切なさが遥かに勝って内腿を擦り合わせる。というか、サキュバスのくせに「おねだり」してしまった。それでプライドが傷ついたかといえば、全然そんな事はない。むしろ、ワガママな恥裂に触って欲しいのが最優先。

「ねぇ、早くぅ……」

淫魔らしい媚びた声で、愛撫を誘う。魔力の込められたその音色は、強制的に女を欲情させる。途端に、ただでさえ熱を孕んだ少女の瞳が、とろんと蕩けた色になった。

「はい、アリアさん……」

亜輝が頷く。しっかりと唇を重ね、言われた通りに下半身へと手を伸ばしてくる。それが脇腹を通過する心地よさに身震いしながら、アリアは後悔した。彼女に魔力を使う必要なんてないのに、勝手に発動した本能が恨めしい。

けれど細い指が恥溝に滑り込んだ瞬間、つまらない感情など横に流された。まるで自分の方が魔力を流し込まれたように、ゾクゾクッと快感が駆け上る。

「ふあっ……あッ」

喘ぎ声が終わらないうちに、次の刺激に襲われた。指が淫裂を軽く擦る。小さく円を描きながら、陰唇を撫で回す。

彼女がしていた自慰のように、優しい愛撫。最初に見た時、こんなもので気持ちよくなれるのか不思議だった。実際、いつものアリアなら、強い快感を得られはしないだろう。それなのに、喉を反らせて喘いでしまう。さざ波のような快感が、後から後から繰り返し押し寄せてくる。

「あ、う、ん……んあっ！」

不器用な素人愛撫で、こんなにも悶える自分が理解できない。強張る指で亜輝の肩を掴み、思いきり舌を吸引する。あまりに必死に吸ったので、痛みを覚えたらしい彼女の眉が寄せられる。けれど唇を離そうとはせず、むしろ積極的に舌を押しつけてきた。

「あ、亜輝……。ん、ん……じゅるっ」

「アリアさ……ンふっ！」

二人の舌が軟体動物のように勝手に動き、甘い摩擦が頭を痺れさせる。やがて、アリアの耳をクチュクチュと粘った音が侵し始めた。口腔で掻き混ぜられる唾液かと思ったら、他の場所からも似た音が聞こえてくる。

（………え⁉）

心の中で驚きの声を上げる。淫裂から、粘液の跳ねる音が響いてくる。股間で恥蜜の奏でる音量が、耳に近い唾液の攪拌音と大差ないなんて。

「や……あぁぁぁんっ！」

「あん、アリアさん……」

自分がそんなに濡れているとは思わなかった。感じた事のない羞恥が急に湧き上がってくる。堪らず両手でしがみつくと、亜輝も一瞬だけ驚いた顔になった。けれど、すぐに嬉しそうに微笑んで、キスを再開させた。

「はぁぁぁ……。亜輝……亜輝ぃぃぃ……！」

サキュバスのくせに、どうしてこんなに恥ずかしいのか分からない。亜輝の性格そのもののような優しい愛撫で、こうも悶えている理由さえも。混乱の中、アリアは掴んだ彼女の肩を揺らし、二人の乳房を擦り合わせた。柔らかな膨らみがふにゃりと潰れる。乳首と乳首が擦れて転がり、痺れるような快感で身体が反り上がった。

「んあ、んあ、あぁぁぁん」

「……アリアさん、どうですか？」

自信なさげに亜輝が尋ねる。アリアは、激しいキスでそれに応える。彼女の唇が嬉しそうに微笑んだ。同時に指が陰唇から少し移動して、尖った肉芽を擦り上げていく。

「そこッ……ふぁあぁぁぁっ!!」

置き去りにされていた陰核が、やっと与えられた快感に悲鳴を上げた。蜜を零しながら腰がうねる。両脚がジタバタ暴れる。両腕で亜輝に抱きつき、顔を左右にくねらせキスを密着させる。

(気持ちいい……けど……！)

一方的にやられるだけなのは、やっぱり性に合わない。快感に呆けつつも、必死に反撃の機会を窺う。

「アリアさん、もっと、もっと気持ちよくなって……！」

亜輝も興奮し、上擦った声で右脚に跨がってきた。その瞬間を見逃さず、アリアは膝を立てて彼女の恥裂を擦り上げた。

「ひゃあぁぁン!?」

不意を衝かれて、亜輝が仰け反る。弾みで垂れた彼女の涎《よだれ》を、舌で受け止める。二人は快感に身震いしながら、互いの秘裂を責め立てた。

「やんっ、アリアさん、そんな……。きょ、今日は私がするって……ん、あ、やっ」

「で、でも……あたしだって亜輝を……気持ちよくさせた……いっ、ひ、ンふぁっ」

にわかに、相手を感じさせようとする主導権争いが勃発した。もちろん常ならサキュバスが負けるわけがないのだけれど、膝と太腿だけしか使えないのに対し、指で戦う亜輝が若干有利。徐々にその差が明確になり、アリアの方が追い詰められていく。

「あ、やだ気持ちいい……。亜輝の指、すごく……いいッ」

体内に熱い衝動が湧き上がる。絶頂が足音を立てて近づいてくる。それでも負けを認めたくない一心で、彼女の淫裂を腿で擦る。

「あ……亜輝のここも、ぐっしょりよ。あたしの脚、濡れちゃってる……ンあっ！」

「やだやだっ、言わないでぇぇぇ…………！」

辱めて有利に立とうとしたのが逆効果。羞恥から逃れようとするあまり、亜輝の愛撫が激しくなった。優しさが鳴りを潜め、自棄《やけ》気味にアリアの恥襞を掻き回す。身体のゾクゾクが急速に増大し、頭がそれに追いつかない。

「ちょ、待って、ごめん、そんな……あッ！」

制止しようとした瞬間、勢い余った亜輝の中指が膣に嵌まった。一気に根本まで突っ込まれ、さっきまでとは異質の快感が脳天を直撃する。

「アリアさんの中、すごく……濡れて、あったかくて……あぁぁ……！」

「やん、そこ、そんな、急に……ふぁぁぁぁぁ!!」

少女の細い指が膣内を縦横無尽に掻き回す。快感ポイントを探る事すらしないデタラメな愛撫。それでも彼女の懸命の想いが淫肉から伝わって、アリアを高みへと突き上げる。

「いいっ！　気持ちいい！　亜輝、亜輝！」

「あぁぁアリアさん……アリアさんっ！」

責めている彼女も感極まった声を震わせる。魔力で繋がれた快感が伝播して、二人を同時に頂点へと吹き飛ばした。

「あぁぁイク！　イク、気持ちいい……亜輝ぃぃ!!」

「アリアさん、アリアさん……ッ、ンはあぁぁぁぁんッ!!」

二人の白い肢体が大きく仰け反り、ビクビクと引き攣った。亜輝もアリアも、震える唇から涎が落ちるのを止められない。

「あ、は……アリア……さん……」

「あ、亜輝ぃ……」

その匂いに惹きつけられて、二人は痙攣する身体に鞭打って唇を寄せた。上手く重ねられないのを繋ぎとめようとするように、舌を絡める。

「亜輝、すごく上手だった……」

「ウソ。私なんて……」

「本当よ。だって、このあたしがこんなに激しくイッちゃったんだもの」

お世辞じゃないのに、亜輝は自信なさげ。それでもアリアに褒められたのは嬉しかったのか、薄めながらも微笑んだ。

(本当に、すごかったぁ……)

彼女の拙い愛撫で、絶頂するなんて思わなかった。どうしてそうなったのか分からず、

驚きと戸惑いは拭いきれない。だけど、面倒な事を考えるのは大の苦手。理由なんてすぐにどうでもよくなって、少女の柔らかな唇を、心ゆくまで堪能する事にした。

亜輝とのエッチは、とても楽しい。普段が慎ましやかであるだけに、快感に乱れた時のギャップが堪らない。何しろ彼女は、類を見ない上質な淫気の持ち主。それを自分のものにできたなんて。

「あたし史上、最高のラッキーよね！」

嬉しさに浮かれまくって、寝ても覚めても顔が緩んでしまう。

しかしながら、それはそれで、解決すべき問題を、より困難にしている事も意味していた。極上品を独占してしまった以上、他の獲物を必死に探す必要がある。期限内に貢ぎ物が見つからなければ、集会場へ逆戻り。亜輝も手放す羽目になりかねない。

「よーっし。今日こそは気合いを入れて探すぞ！」

毎日、目覚めと共に自分を奮起させる。サキュバス喫茶に通う道すがら、一応は女の子に目を向ける。でも、どの娘にも関心を持てなかった。強い精気を感じないから、ばかりじゃない。起き抜けの掛け声とは裏腹に、値踏みする気力すら湧いてこなかった。

そして、ここに来て新たな問題が発生した。

「………………ちょっとアリアちゃん。それ、ここじゃない」

「あ、ごめんなさい」

店で料理を運んでいたら、席で接客していた仲間がこっそり耳打ちしてきた。最近、間違いや失敗が多い。この前も、三日連続で皿を割ってしまった。

上手くいかない理由を、何となくだけど、アリアは自分で分かっていた。

(……今日は来ないのかな)

亜輝の来店を待ちかねて、ソワソワしてばかりいるから。

実は、もう一週間近く彼女に会っていない。今回はちゃんと理由があって、イラストの仕事でしばらく店には行けそうにないとの事だった。エッチも控えると言われて憤慨しそうになったけど、人間はサキュバスと違って、性行為だけで生きていけるわけじゃない。器の小さいご主人様だと思われたら嫌だし、おとなしく待つと約束した。

とはいえ、会えない期間がいつまでなのか確かめなかったのは失敗だった。おかげで、店のエレベーターが開くたびに亜輝の姿を期待しては、違う人でがっかりする毎日。三日も過ぎた頃には、器がどうとか格好つけるんじゃなかったと後悔していた。

そんな態度は、他の店員の目にも余るようになっていたらしい。とうとう控室で蘭から注意を受けた。

「アリアちゃん、一人のお客さんに入れ込みすぎじゃない？　確かにここは恋人的な接客をするお店だけど、あくまで、ごっこ。そういう遊びよ」

そんなの、言われなくても分かっている。失敗する原因にも自覚がある。それだけに、改めて言われると余計に腹立たしかった。いつもは考えもしない「人間のくせに」という言葉が、つい頭をよぎってしまう。

だいたい、真面目に働く義理なんてアリアにはないのだ。獲物探しに好都合だと思ったから、ここにいるにすぎない。亜輝との逢い引きだって、本当はどこだっていい。

「店の外での事まで干渉するつもりはないけど、お客さんには公平にね」

それでも、なぜか、そんな蘭の言葉に素直に頷いていた。

「ああ、もう！」

店が終わった後、アリアはすぐにサキュバス姿で空に舞い上がった。モヤモヤを吹き払うように高速で飛び回る。どうして反論しなかったのだと自問しながら。

自分に非があるのは認めるけれど、それは人間の価値観。あんな店、辞めたところで痛くも痒くもない。ただの狩り場にすぎないのだから、場所を変えれば済む話。

「明日から行くのやめようかなぁ」

誰にともなく呟いてみる。それで構わないはずなのに、どうにも胸につかえを覚える。

そこで、いったん宙に止まって胡坐《あぐら》をかき、己の心に尋ねてみた。去るか残るか、首を左右に振って考える。すると、どうやら辞めるのは本意じゃないみたいだ。店の仲間や客と友達になれたのにという未練も、アリアを引き留めようとする。

「人間のしがらみに縛られるなんて……それでも自由に生きる魔物なの⁉」

自分を叱咤したところで、答えが変わるわけでもなかった。モヤモヤやイライラが胸に積もって気分が悪い。これをスッキリさせるには。

「やっぱり、やらしい事して気持ちよくなるしかないわね！」

かといって、忙しいはずの亜輝を訪ねるわけにもいかない。そこら辺で適当な獲物を選んでホテルにでも連れ込もうかと、人間の姿で地上に降り、女の子を物色する。

「……いないなぁ」

夜の繁華街をぶらつく。いつもの貢ぎ物探しと同じ。どの娘にも食指が動かない。

「仕方ない。今日はおうちでひとりエッチだ」

アリアは早々に見切りをつけ、寂しい寝床に帰るべく、翼を広げた。


仕事を終えた亜輝が、十日ぶりに来店した。

「お久しぶりです、アリアさ……きゃっ」

「もぉ〜、寂しかったよぉ」

席に着くなり、アリアの方から抱きついた。早速、裏オプションへ――といきたかったけど、あいにくそちらは、二日先まで予約でいっぱい。昨日までなら空きがあったのに、タイミングの悪さに歯噛みする。

(あたしはお腹ぺコぺコだっていうのに！)

結局、あれから一度も吸精していなかった。亜輝以外から貰う気になれず、通常の接客時はおろか、裏オプションでのつまみ食いも控えていた。おかげで空腹が限界だ。

「じゃ、再会を祝して、かんぱーい」

「そんな、大袈裟ですよアリアさん」

クスクス笑いながらも、亜輝もジュースのグラスを小さく掲げて付き合ってくれた。

初めて会った頃に比べると、ずいぶんと表情が明るくなった気がする。上品さや可憐さはそのままに、笑顔が増えているのは嬉しい。

変わらないのは、アリアの方。亜輝に対する淫らな欲求は、むしろ待たされた分だけ強くなって、今すぐにでも押し倒したい。グラスを傾ける少女の唇が艶やかで、ジュースの代わりに生唾を飲み込む。

「はぁ～……。美味しいです」

「そう？　これってただの……」

ペットボトル、と言いかけて口をつぐむ。お客さんには教えなくていい情報だと店長に釘を刺されていたのだった。というか、キスしたい欲求が強すぎて接客に身が入らない。

「実は、最近コンビニのお弁当ばかりで、自炊できていなくて。だから今日は、美味しいご飯をいただきに来ました」

「いいよぉ。じゃんじゃんお食べなさい。でも、その前にぃ……」

「――!?」

ぴくっと、彼女の肩が小さく跳ねた。戸惑いで硬くした顔を、アリアに向ける。

「おやぁ？　亜輝ちゃんったら、そんなに顔を赤くしてどうしたのぉ？」

サキュバス店員っぽいセリフでとぼけてみる。もちろん、彼女の困惑はアリアのせい。テーブルの下で尻尾を伸ばし、脚に絡みつけたからだ。蛇のように螺旋を描いて、ふくらはぎを這い上がる。先端部をスカートの中に忍び込ませ、太腿をくすぐる。下着に向かってじわじわ歩みを進めると、彼女の顔に狼狽の色と赤みが増していく。

「ア、アリアさん……。こんなところで…………ンッ」

「こんなところでぇ、なーにぃ？」

「えっと、えっと……。そ……それ、出して、みんなにバレちゃったら……」

定まらない視線をしきりに泳がせ、懸命に言葉を選ぶ。サキュバスだと発覚するのを心配しているようで、本当は感じているのを知られるのを怖がっているのは、一目瞭然。

「心配いらないわよ。ほら、見て」

アリアは、周囲を観察するように促した。店内は薄暗いし、みんな自分の相手とイチャイチャするのに夢中。他のテーブルの出来事なんて気にしていない。

「で、でも……」

状況は理解したはずなのに、まだ彼女は安心しようとしなかった。むしろ、それくらい緊張しててくれた方が苛め甲斐があるというもの。尻尾の先で内腿を撫でるたび、吐息の温度が上がっていく。鼠径部のラインを撫でると、窒息するかと思うほど声を詰まらせる。その反応が面白くて、アリアはさらに悪戯《いたずら》をエスカレートさせた。

「我慢しなくていいのよ。いっぱい可愛い顔を見せてちょうだい」

悠然とした態度でテーブルに頬杖を突き、いよいよ、下着の核心部を撫で上げる。

「あ、や……っ」

上下に往復させると、しっとりと湿り気を帯びてきた。身体の方はいたって正直みたいだ。嬉しくなって、意地の悪い笑みを浮かべる。そんなアリアの視線に辱められ、亜輝が涙目になってきた。人間なら、その反応を見て彼女が嫌がっていると解釈してしまうだろう。でも淫魔の嗅覚は、それ以外の感情を読み取っていた。

「亜輝、すっごく濡れてる……。もしかして、見られてると思って興奮しちゃった?」

「ち、違……ンッ」

尻尾を下着の中に捻じ込む。直に触れた恥裂は、すでにぐっしょり。微細な振動を与えると、襞に溜まっていたものが一斉に零れる。

「それなら、どうしてこんなに濡れてるのかなぁ。あは、まるでお漏らしね」

「そ、そこまで濡れてなんて……っ」

アリアの挑発に乗って恥ずかしい言葉を口走り、慌てて唇を噛み締めた。反対に、下の唇はうっすらと開き、興奮の涎を尻尾に零す。

もちろん、内気な彼女に露出の気があるなんて思っていない。持って生まれた強い性欲が、異常なシチュエーションに過剰反応しているだけ。それを彼女自身が認識できていないから、淫魔の言葉に惑わされる。

それにアリアも、亜輝を辱めはしても、貶めるつもりなんて毛頭ない。こんなところで絶頂姿なんて披露しようものなら、彼女の人生を破滅させてしまう。

(ま、それはそれで面白そうだけどね。あ、でもその前に、人間を淫魔に変える術を教わらなくちゃ)

クイーンのオモチャみたいに、あたしの下僕として生きればいいんだし。

先々の楽しみに想いを馳せ、顔が緩む。それに比べて亜輝は苦しそう。絶頂させないという配慮のせいで、むしろ半端な快感に苛まれている。

「あ……」

テーブルに、ぽたりと雫が落ちた。それを見て、彼女は自分の唇から涎が垂れているのに気がついたようだ。赤い顔をさらに染め、大慌てで口元を拭う。アリアは、そこに容赦なく追い打ちをかけた。尻尾で陰唇を掻き分けて、内側の粘膜を引っ掻くようにくすぐり回す。小さな窪みを探り当てて、細く丸めた先端部で侵入を図る。

「まッ！　……待って……ください……」

亜輝が、悲鳴に近い声を強引に抑え込む。そして、テーブルに無造作に置かれたアリアの手を、力いっぱい掴んできた。

「ここじゃ……いや……」

「ん～？　それってぇ、つまりぃ……ここじゃなければ、いいってコト？」

彼女の焦燥が限界近いのを知りながら、あえて間延びした声で聞き返す。少女は、自分のふしだらな懇願に大粒の涙を浮かべながらも、はっきりと頷いた。

アリアの唇から「ふふっ」と満足げな吐息が漏れる。そして下着から尻尾を抜いて、近くを通りかかった蘭に小声で告げた。

「店長。この娘、気分が悪そう。家に送りたいから、上がっていい？」

亜輝の顔色を見て、蘭は疑いもせずにアリアの早退を認めた。純情そうなこの少女が、欲情のしすぎで辛くなっているなんて思いもよらないだろう。

そんなわけで合法的にサボりの口実を得たわけだけど、我慢が限界なのは、実はアリアも同じだった。意地悪を仕掛けてからずっと、淫部が欲情の疼きで脈打っている。

それでも逸る気持ちを抑え、帰路には電車を使用した。空を飛んで亜輝を運ぶのが難しかったからだ。アリア自身は人間に視認されないだろうけど、あいにくと、彼女の姿を隠せる術までは会得していない。

（まだ陽も落ちきっていないのに、女の子がふわふわ空を浮いてたら、嫌でも人目についちゃうもんね）

とはいえ、無駄に時間を費やす事で彼女を冷静にさせてもつまらない。そこで、電車の中でも悪戯を続行する事にした。

「だ、駄目ですアリアさん……」

サキュバス姿のアリアに全身をまさぐられ、亜輝が弱々しく声を震わせる。懇願を無視して、両手で胸とお尻を、尻尾で股間を撫で回すと、彼女はドア脇のバーに両手で必死にしがみついた。

車内は帰途につく乗客でいっぱいで、吊革を掴めない人もいるくらい。服や下着越しの接触とはいえ、そんな衆人環視の中での辱めに、少女の心も身体も緊張の限界値。愛撫の効果というよりも、焦燥と羞恥が彼女を追い詰めていた。

「アリアさん……。せ、せめて家に着いてから……ンッ」

「今のあたしは他の人には見えてないんだから、亜輝が我慢すれば済む話よ？」

容赦のない囁きに、彼女は「そんな……」と泣き言を漏らす。

淫魔を視認できる者なんて、どうせこの中にいやしない。万が一、そんな人間がいたとしても、女の子が変な格好の女に絡まれているようにしか思わないだろう。見咎《みとが》められたら、その時はやめればいいのだ。

淫魔の無情な責め苦により、電車が最寄り駅に滑り込む頃には、亜輝の膝は完全に脱力していた。

「お空もすっかり暗くなっているし、今度は空を行っても問題ないかな」

アリアは彼女をお姫様のように抱っこして、翼を広げ漆黒の闇に舞い上がった。優雅に夜空を駆け抜けつつ、その間も、尻尾で鼠径部を撫でるのは忘れない。

「ふぁぁぁ……」

やっとの思いで自宅のベッドに腰を下ろした彼女は、脇に立つアリアを、息も絶え絶えに見上げた。今度こそは、ちゃんと愛してもらえると期待した瞳で。見詰められる方も胸が高鳴り、このいたいけな少女の肢体を、すぐにでも存分に嬲《なぶ》り尽くしたい。

しかし、控え目に内腿を擦り合わせる彼女を見ていたら、別の欲求が湧き上がった。

「………ねえ、亜輝。自分でしてるとこ、見せて」

少女の顔が跳ね上がった。目が大きく見開かれる。安心できる場所で愛撫を受けられると思っていただろうに、さらなる辱めの命令に狼狽している。

「あ、あの……」

「あなたのひとりエッチ、思い出しちゃった。あれ、可愛くて好きなの」

亜輝が固まる。目を泳がせる事すらできない。

「うーん、理解できない？　オナニーしてって言ってるの」

理解しているから固まっているのに、アリアは意地悪く念押しした。愛撫を交わす仲とはいえ、自慰となれば別。同族のサキュバスの中にも恥ずかしがる者がいるくらいだ。

それを承知の上で、彼女の震える唇に指を当て、最後通告。

「ご主人様の命令、よ」

その言葉に、亜輝は、震えるような動きで頷いた。しかし、瞳から戸惑いの色が消えたわけじゃない。覚悟を決めきれないまま、服に手をかけ自ら剥いでいく。途中、何度も止まりそうになったけれど、そのたびに視線で強要し、下着姿にまで追い込んだ。

（はぁ……はぁ……）

ゆっくりとベッドに横たわる半裸の少女を見ながら、アリアは我知らず息を荒らげた。ほんのり染まる白い肌と、半泣きの表情に興奮が止まらない。淫部が疼いて、無意識に腿を擦り合わせる。

（だめ……あたしも我慢できないっ！）

余裕ぶった態度を保てなくなって、自分もベッドに飛び乗った。突発的な動きに驚いた亜輝が、飛び起きるように上体を起こす。アリアは、そんな彼女と向かい合って同じ姿勢になり、にっこり優しく微笑みかけた。

「あたしも、する。一緒に、しよ」

「えっ……？」

今度は本当に、何を言っているか理解できなかったみたいだ。でも、アリアが膝を立てながら脚を開くと、意味を察した顔になった。息を呑む亜輝に見せつけるように、股間を露出させる。右手を伸ばし、早くも潤み始めている淫裂を、ぱっくり開く。

「ん……」

痺れる快感が走り、アリアは小さく身を捩《よじ》らせた。いったん触れてしまったら、もう止められない。自らの亀裂に指を沈め、徐々に速度を上げながら淫らな摩擦を始める。

「あ、んっ……はぁぁぁぁ……」

甘い快感が生まれて背中を反らす。突き上げた胸の先にも痺れが生じ、無意識に動いた左手がそれを慰める。下から掬《すく》い上げるように乳房を揉み、親指と中指で挟んだ乳首を転がす。胸が気持ちよくなると性器も反応し、熱い蜜をたっぷり零す。

「アリアさん……」

呟きながら、亜輝も下着に自らの指をあてがった。見せろと言ったアリアが先に始めてしまったので、やむを得ず――というよりも、どちらかといえば安心を得たみたいだ。俯き加減で、恥じらいを残しているのは変わらない。それでも、上目遣いでご主人様の自慰を眺めつつ、布地の上から縦溝に沿って中指が動き始める。

「ん、ンっ……はッ……あぁぁ………」

亜輝の喘ぎは途切れ途切れだったり、息を長く吐き出したりと、かなり抑え気味。もっと可愛い声を聞きたいし、指使いも大胆にお願いしたい。けれど、清楚な少女が恥じらいながら自分を慰める姿も、なかなかに味わい深い。

その一方で、メチャクチャに乱れさせたい欲求が、アリアの下腹部で凝縮されていく。

「可愛い、亜輝……。ねえ、パンツ脱いで……。ちゃんと見せっこしよぉ……」

アリアはさらに脚を広げ、淫裂を両手で掻き回した。クチャクチャと粘った音をことさらに響かせると、亜輝の耳が真っ赤になる。そんな少女に向かって、舐めるような仕種で舌を伸ばしてみせた。どこを嬲られたように錯覚したのか、彼女の内腿が小さく強張る。

「あ……は……」

無言の催促に負けた亜輝が、お尻を浮かせて下着を脱ぎ去った。ブラだけ残す格好になった彼女は、内股気味に膝を立て、ご主人様と同じように両手で股間に触れる。

しかし、左手はアリアの視線を遮るためだった。秘部を覆うように隠してしまい、完全に命令に背く格好。それでも、右手が淫溝を擦っているのは、指の隙間から窺えた。もっとちゃんと見せてよと思いつつも、まるで覗き見しているようなもどかしさが、逆に興奮を掻き立てる。

「ん、く……きゅうぅぅぅ……」

亜輝が下唇を噛み締める。熟したリンゴみたいな赤い顔で涙目になっている。そのくせ彼女の秘部は、粘着音を徐々に大きく響かせる。

「亜輝ったら、オナニー見られて興奮してるの？　やらしい娘ぉ」

さらに煽り立てようと、わざと意地悪な声で嘲笑する。ところが。

「アリアさん、だから……」

彼女は、呆けたように呟きながら、アリアを見詰めてきた。深呼吸して、涙に濡れた瞳で、真っ直ぐに。

「アリアさんなら、何を言われても……どんな恥ずかしい事でも、大丈夫、だから……」

「亜輝……？」

羞恥の中に強い意志を秘めた瞳が、胸を貫く。アリアを動揺させる。

「恥ずかしいけど……。アリアさんが喜んでくれるなら、何でもします。どんな事でも従います。だって、だって……………ンッ！」

まだ何か言おうとしていた彼女の唇を、自分でも驚く早さで塞いでいた。力の限り抱きすくめ、捻じ込むようなキスを与える。

「……馬鹿ね。あたしは、ただのサキュバスなのに。あなたを餌食にするだけの魔物よ。そこまで信奉する事なんてないの。でも……そう思ってくれるっていうなら……」

彼女をベッドに押し倒し、その赤くて熱っぽい耳に、吐息を吹きかける。

「その分だけ、いっぱい、愛してあげる」

「あぁ……アリアさん……」

下から腕を回し、亜輝から唇を求めてきた。アリアの唇も快感に疼く。堅く抱き合い、舌を絡み合わせる。たちまち増幅する少女の淫気が、勝手に流れ込んでくる。

（あぁぁ……。いっぱい、いっぱい……凄い……）

息苦しささえ覚えるほど多量の淫気に身震いしながら、彼女のブラのホックを外した。緩んだカップの内側に手を差し込み、乳首を摘んで捩《ね》じる。

「きゅふンッ」

空気が漏れるような声と共に、亜輝が仰け反った。自ずと唇が外れてしまう。彼女の顔を両手で挟み、長い舌を伸ばしてみせた。そして。

「口を開けなさい……」

アリアの命令に、亜輝はうっとりと目を細めながら舌を差し出した。察しのいいペットに気持ちを昂らせ、舌先から唾液を滴らせた。

ひと筋の粘る糸が、小さな口に吸い込まれていく。サキュバスの体液は、人間にとって媚薬も同然。だから、普通にそれを飲み込ませるつもりだった。ところが彼女は、受け取ったそれをクチュクチュと口の中で遊ばせたかと思うと、キスで送り返してきた。

「んっ⁉」

亜輝がそんな淫戯をすると思っていなかったので、驚いて受け止めそこねた。しかも上と下とで重なっているので、重ねた唇の隙間から零れてしまう。せっかくの攪拌唾液を逃すまいとして、アリアは慌てて彼女の顎を舐め上げた。

「はンっ」

くすぐったかったのか、亜輝が小さく身悶えする。愛らしい睫毛が震えるのを見下ろしながら、アリアも唾液を加えて混ぜて、再び彼女の口腔に送る。それを何度も繰り返しているうちに、粘りも匂いも強くなっていく。

(何だか、あたし……)

頭がクラクラする。自分で自分の媚薬に酔ったように、何も考えられない。亜輝の瞳も焦点がぼやけている。

「はぁ、はぁ……あぁぁぁ……！」

アリアは欲情に耐えきれなくなって、呻きを上げながら彼女にかぶりついた。口腔内を掻き回し、たっぷり溜まっていた唾液を溢れさせる。何本もの粘液が糸を引き、口周りはベタベタ。可憐な唇が台無しだ。

しかし、その卑猥な光景が、淫魔の本性を激しく揺さぶった。清楚な少女を蹂躙しているような背徳感が堪らない。興奮が股間の性愛器官をしとどに濡らす。

「アリアさん……あ、あふ、んあ、あぷぅ……」

亜輝も、喘ぎながら懸命にアリアの動きについてくる。しっかり抱き合い、キスの快感に身悶えするたび、重なりあった乳房同士が相手の膨らみを揉みしだく。乳首が擦れてビリビリ痺れる。アリアの背面でも、強張った羽と尻尾が反り返る。

「はぁはぁ……亜輝、亜輝………ヒッ⁉」

いきなり、強烈な電流が脳天を貫いた。抱きついていた彼女の手が、羽の皮膜を撫で回したのだ。もう一方の手も、尻尾の付け根を指先で逆撫でしてくる。

「あ、あ……亜輝……ふぁあぁぁぁ……」

羽や尻尾に愛撫を受けるのは、初めてというわけじゃない。なのに、経験した事のないほどの快感が身体中を駆け巡る。

「あんっ」

彼女は尻尾を引き寄せると、先端のハート形に口づけた。さらには、舌までねっとり這わせてくる。甘美な痺れに身震いしながら、その大胆さにちょっと戸惑う。いくら唾液に媚薬効果があるとはいっても、無分別な淫乱になるほどは与えていない。いつにない積極的で献身的な愛撫に、アリアの胸が異様に高鳴る。

「ど、どうしたの亜輝……。あなたらしくもない……ンあぁぁ……」

困惑気味に固まっていたら、亜輝が動いた。うつぶせのアリアに、重なるようにして覆い被さってきたのだ。そしていきなり、背筋を下から上に舐め上げた。羽の皮膜にも舌を這わせて、唾液を塗りつける。頭の中まで快感が到達し、一瞬だけど朦朧となる。

「あぁ……ホントに凄い……。ど、どうして？」

「私だって……私だって、アリアさんに会えなくて……会いたくて……ちゅばっ」

「ふぁあぁぁぁあっ！」

尻尾の先のハート形が、半分ほど口に含まれた。温かい空間の中で舐め回される。いつもの彼女からは考えられない舌使いが衝撃で、思わずシーツを鷲掴みにする。

「ん、ふッ……そこ、は……そこ、ンきゅッ」

尻尾から、背中、そして頭へと一気に伝わるゾクゾクに耐えかね、お尻を振り立てる。淫裂も激しく痺れて、蜜が垂れ落ちてしまう。

（あ、あたしの方がご主人様なのに……！）

奉仕されるのは嬉しいけれど、サキュバスとしては、やっぱり喘がされるより喘がせたい。さりとて、この気持ちよさを逆襲のために手放すのは苦痛。どうしようと逡巡する間に、彼女の指がお尻側から淫部へと滑り込んだ。濡れ恥裂を優しく撫でられ、快感電流が再び頭を直撃する。

「ンあぁぁぁぁッ！」

その衝撃が、逆にアリアを決断させた。淫魔として、彼女の主として、快感負けするだけの情けない姿は見せたくない。

（淫魔を舐めるんじゃないわよぉ）

これまでの経験で、人間はサキュバスほどには身体を自在に操れないと分かっている。陰唇の襞を波打つように動かして、沈み込んでいる亜輝の指をぺろりと舐めた。

「ひゃっ⁉」

想定外の事態に声を裏返させ、彼女が背中から離れる。その隙に身を翻したアリアは、あっという間に少女を組み伏せた。

「ふふふー、ぎゃくてーん。今度はあたしが攻める番よ」

「そんな、今日は私が……ふぁッ」

有無を言わせず、首筋に顔を埋める。小刻みな舌使いで頸動脈に快感振動を与え、瞬く間に彼女から思考力を奪う。左手で耳をくすぐって、右手で脇腹を逆撫でると、彼女は狭いベッドから落ちるのではないかと思うほど切なげに身を捩った。

「やんっ、あんっ。アリアさ……んぁっ、はひっ……ヒッ！」

「あぁ、いい……。やっぱり、亜輝のその声、大好き……」

「そ、そんなの……恥ずかし……ひぃぃぃン」

愛らしい涙声にゾクゾクしながら、乳首を咥《くわ》えた。身震いする硬蕾を舌で転がし、感触を楽しんでから甘噛みする。

「あ……あッ！」

甲高い嬌声と共に、淫靡な匂いが濃くなった。自慢の嗅覚が蜜の大量分泌を感知する。

（やだ。あたしもムズムズしちゃう……）

淫裂が興奮するのを感じながら、アリアは彼女の源泉へと移動した。肌に舌を密着させたまま、肉づきの薄いお腹を越え、萌える恥毛を縦断する。その向こうに、淫蜜の濃厚な匂いと、むせ返るような熱気が待ち受けていた。それらをいっぺんに吸い込んで、呆けた頭で淫裂に急ぐ。

「――ぺろっ」

「ふぁあぁぁぁぁぁっ」

シーツを掴んで、亜輝の背中が反った。閉じようとする脚を押し返す。ついでに、舐めやすいように両の腿裏を持ち上げた。本能的な羞恥と快楽を求める気持ちが拮抗し、亜輝は頭を振るのが精一杯。それをいい事に、アリアは彼女の淫液を鈍い音で啜《すす》りまくった。

「ずる、ずるるる、じゅるる、じゅるっ」

「あん、やっ……はんっ、きゅうぅぅぅ……ッ」

亜輝の腰が暴れるたびに、秘裂から溢れる蜜が増量する。夢中になって喉を潤す。淫唇に舌を突っ込んで、襞の隙間からも雫を掻き集めた。ひと舐めごとに彼女の性器が熱くなって、アリアの身体を汗ばむほどに火照らせる。

「美味しい……。亜輝のジュース、最高……。んじゅ、じゅぱ、ずるるるぅっ」

「やはぁぁぁぁぁんっ！」

少女の悲鳴のバイブレーションが、空気を伝ってアリアの身体に伝わった。まるで欲情が共振したように、股間が最高潮に悩ましく疼く。

「はぁぁぁ……。こんなの……堪らない！　舐めてっ。亜輝も、あたしの舐めて!!」

身体を半回転させ、亜輝の顔に跨がる。しかし、その瞬間、言い知れない羞恥心がアリアの身体を貫いた。

（な、何？　今の感じ……）

濡れた内腿を晒すなんて、サキュバスにとっては珍しくも何ともない日常茶飯事。仲間同士の遊びでも人間との戯れでも、当たり前にしていた行為。それなのに、そこに亜輝の視線を感じたと思っただけで、身体が竦む感覚を、確かに覚えた。

「あぅん！」

どうして、なんて考えるより早く、亜輝が唇と舌とで奉仕を開始した。思考は途切れ、瞬間的に真っ白になる。考える力が引っ込んだ分、本能が前面に出る。欲情に衝き動かされるままに、アリアも蜜を求めて少女の脚の間に顔を埋めた。

「あ、あん、ちゅるっ。気持ちいい……美味しい……れろれろ、じゅぱじゅぱ、ちゅる」

「私も……美味しいですアリアさん……ちゅる、ぺろぺろ、ちゅるるるるっ」

シックスナインの格好で、二人は互いの恥蜜を貪り合った。アリアは亜輝の脚を抱え、彼女はアリアのお尻を引き寄せ、淫裂の底にまで舌を這わせる。同じところを舐めているせいか、次第に二人の動きがシンクロしてきた。襞を掻き分ける動き、強さ、舌を陰核に移すタイミングまで、何も言わなくても通じ合う。

（はぁ……。何だか、自分で自分を舐めてるみたい……）

気持ちよすぎて朦朧とする中、アリアはそんな錯覚に陥った。輪になった二人の身体を快感が循環し、巡るたびに増幅していく。

「あ、すご……凄い……。亜輝、あたし……あたし、身体、痺れて……ふぁっ」

「私、も……アリアさん、アリアさんっ」

互いの脚の間で、くぐもった悲鳴が上がる。相手に触れている手足が震え、その振動も快感に拍車をかける。極まる寸前の焦燥感に、アリアは思わず泣き言を漏らす。

「やだやだ、まだ……まだ感じてたいのに……まだ、してたいのに……駄目っ」

それを聞いた亜輝の舌使いが速くなった。このままでは先に絶頂させられると焦ったアリアは、彼女の膣の奥深くまで、淫魔の長い舌を挿し込んだ。

「ンふぅぅぅッ!?」

少女が悲鳴を上げる。彼女の指が強張って、お尻に食い込んでくる。人間にはできない技を使うなんて卑怯かも、なんて事もチラリと思ったけれど、魔物が負けるわけにはいかない。元よりフェアプレイの精神なんて持ち合わせていないので、少女を絶頂に押し上げるべく膣肉を舐め回す。

「んぐんぐ、みゅうぅぅぅッ！」

亜輝の喘ぎが抗議に聞こえる。そんな彼女も、今までに見せた事のない激しさで陰核を転がし、着実にアリアを追い詰める。それだけじゃない。膣に挿し入れている淫魔舌も、実は次第に窮地に追い込まれつつあった。熱くてぬめる媚肉が妖しく蠢き、頭が沸騰しそうな快感が、舌を伝ってダイレクトに送り込まれてきたのだ。

「これ、ヤバいっ。あたし……あたし……ふぁふぁ、ふぁっ！」

一方的に責める思惑が外れた焦りで、言葉がまともに出てこない。しかし絶頂直前なのは亜輝も同じ。アリアの淫核を責めている舌が激しく痙攣している。

「や、あっ……。私……私も、も……もう、もう！」

アリアの舌が膣内でぐるんと螺旋を描く。亜輝の舌が淫核を弾く。二人の身体を雷撃のような痺れが駆け抜ける。

「ふぁ、ふぁ、ふぁっ！　アリアさん、私っ……ンふぁあぁぁぁあっ！」

「あたし、あたしも……亜輝ぃぃぃっ！」

二人の身体が仰け反って、ビクビクと跳ね回る。亜輝から大量の精気が放出される。アリアはそれを、絶頂に呆けて何も考えられない頭で、流れ込んでくるままに吸い込んだ。

「あはぁぁぁ……」

精気を浴びる心地よさに、うっとりと目を閉じる。ゾクゾクと身震いする。何日もお預けをくらっていた分、心ゆくまで、身体の隅々に行き渡らせる。

「あは、あふ、ふぅぅ……。亜輝、ごちそうさま」

絶頂と吸精に喘ぎ、思うさま快感を貪ったアリアは、震えながら身体を反転させると、下で伸びている亜輝にお礼のキスをしようとして顔を近づけた。

「………亜輝？」

返事がない。ぺちぺちと頬を叩いて返事を促す。でも、眠ったように反応がなかった。絶頂が激しすぎたのかと思ったけれど、それにしても様子がおかしい。

「亜輝？　ねえちょっと……どうしちゃったの⁉」

気を失っている。それだけでなく、あんなに膨大だった精気を感じない。明らかに、何かの異常が起こっている。

「亜輝、亜輝っ‼」

「う、う～ん……。アリア……さん…………」

目を開けたと思ったのも束の間、再び意識が遠のいてしまった。

「店長、助けて！」

「な……なになに？　どうしたのアリアちゃん⁉」

頼れる人間なんて他にいなかった。意識を戻さない亜輝を抱えて店に駆け込むと、帰り支度をしていた蘭と店員たちが、慌てふためくアリアに目を丸くした。

「この娘が目を覚まさないの。どうしよう。どうすればいいの⁉」

「どうしようって、こんなところより病院でしょう⁉　……ちょっと見せて」

亜輝の顔色を覗き込んだ見た蘭は、彼女をソファに寝かせるようアリアに指示した。そして壁の時計を見ながら彼女の手首を取ったり、小さなライトで瞳を照らしたりする。

「……あれって、何してるの？」

邪魔をしてはいけない気がしたので、隣に立っていた店員に小声で尋ねる。

「店長、看護師の経験があるのよ。お医者さんじゃないけど、健康状態を診るくらいはできるって言ってた」

また難しい話をされたけど、亜輝が助かるなら何でもいい。祈るように胸の前で両手を握る。任せるつもりで様子を凝視していたら、慌てて亜輝に着せたTシャツとパンツだけの格好が、急に気になりだした。こんな裸同然の彼女の格好、みんなに変に思われていないだろうか。色々な不安が渦巻いて、黙って事態を見守るのが苦痛でしかない。

「……脈も瞳孔も異常なし。ちょっと熱っぽいけど、ただの過労だと思うわ」

「か、過労……？」

「疲れすぎって事。ただし、あくまでわたしの私見だからね。明日にでも、ちゃんと病院で検査してもらいなさい」

ひとまずは安心していいらしい。アリアは胸を撫で下ろした。しかし、落ち着きを取り戻したおかげで、今度は別の疑問が湧いてくる。

こんな状態になるほど疲れているなら、どうして無理をしてまでアリアの求めに応じたのだろうと。


再び、夜空を飛んで家に戻る。亜輝を抱きかかえ、可能な限りゆっくりと、静かに。すると、しばらくして、風音に紛れるように小さな呟きが流れた。

「………………ここ、空？」

目を覚ました亜輝は周囲を見回し、そして状況を確認するように、アリアを見上げる。

「大丈夫？」

「ごめんなさい。迷惑をかけてしまって……」

さらに小さくなった声で、彼女は申し訳なさそうに頷いた。

「まったくよ。具合が悪いなら、そう言いなさい。あたしに尽くしてくれる気持ちは嬉しいけど、無理をさせるつもりなんてないんだから」

「それは……」

亜輝が、何か言おうとして黙り込んだ。人付き合いが苦手な彼女の事。きっと、口答えをしたら「ご主人様」の機嫌を損ねるのでは、なんて考えたに違いない。

「あたし、バカだから。ちゃんと言ってくれないと分からないのよ」

正面に視線を向けたまま、真顔で告げる。すると、逡巡の沈黙の後、とてもとても小さな、風の音に掻き消されそうな声で、亜輝が呟いた。

「違い……ます……。アリアさんのためじゃ、ないんです……」

「どういう事?」

アリアに奉仕するのが、彼女の喜びじゃなかったのか。だからこそ、体調不良を押してまで精気を与えてくれたのだと思っていた。

「私が、そうしたかっただけなんです。久しぶりにアリアさんに会えたのが嬉しくて……どうしても……その……エッチな事、したくなっちゃって……」

月明かりでも分かるほど赤く染めた顔を、両手で覆う。

「少し疲れてるくらい大丈夫だろうって思ってたんですけど……。本当にごめんなさい」

沈んだ声で、亜輝が何度も謝罪する。それに対し、アリアは鼓動を昂らせていた。

店内で悪戯されるのも、自慰を見せるのも嫌がる素振りをしていたくせに、その実、アリアに会いたいばかりに仕事終わりの休息も取らず、いそいそと飛んできていたなんて。

「亜輝って……もしかして、あたし以上にバカなんじゃない?」

嬉しさを抑えきれずに満面の笑みを向けると、亜輝は、腕の中で赤ん坊のように身体を丸めてしまった。そんな彼女の姿に、アリアは不思議な安らぎを覚えた。欲求以外の何かで、胸がいっぱいに満たされていく。

(でも……あたしは、どうだろ？)

こんなにも求めてくれる相手の事を、どこまで考えていただろう。自分は、彼女の心を満たせる存在になっているのだろうか。

「ごめんね」

「……どうして、アリアさんが謝るの？」

当然だろう。所有物になれだとか偉そうにしていたくせに、精気を根こそぎ奪って弱らせてしまったのだから。

アリアには、この少女の心身を、もっと気遣う責任がある。だから、まずは、精力不足のこの身体を回復してあげなければ。

「さっき貰いすぎちゃったから、少し返すわね」

明かりの賑やかな街の上で静止して、浮遊したまま、亜輝に口づけた。彼女が遠慮するかもしれないと思ったので、何を返すかは、あえて言わずに。

(とはいうものの……)

吸い取るのは、考えなくても本能でできた。だけど与えるとなると勝手が違う。彼女に愛撫をしてもらって絶頂し、溢れ出た精気を送り返せばいいはず、なのだけど。

(そんなの、やった事ないよぉ)

それに今は、少しでも亜輝の体力を使わせるわけにはいかない状態。間違って自分が吸い取らないよう、気の流れを正確にコントロールする必要がある。

(難しそう……。でも、やらなくちゃ)

目を閉じ、重ねた唇から力が放出されるのをイメージする。けれど、義務感と責任感が邪魔をして、どうしても集中しきれない。焦りが募る中、彼女の腕が、首に絡みついてきた。わずかに動く唇の、柔らかい感触も気持ちいい。いつしか余計な力みは消えて、アリアは、キスの快感に没頭し始めていた。

「怖くない?」

早く手当てをしたい一心で、こんな空中で始めてしまったけど、今になって高度が気になってきた。けれど彼女は、穏やかな表情で首を振り、精一杯の力で抱きつきながら唇を合わせてきた。アリアも、今さら部屋に戻って仕切り直すなんて、できそうにない。

今、この場で、亜輝が欲しくて堪らない。

ならばと、彼女の細い腰に尻尾を巻きつけた。脚の間を通し、お尻を持ち上げる。これで少しは安定するはず。そして自由になった両手で、Tシャツを捲り上げた。ブラを着けていない左右の乳房を揉みしだきながら、口づけに舌を使い始める。

「あふ……んぁ……」

亜輝が小さく仰け反った。彼女の震えに唇をくすぐられ、アリアも背筋までゾクゾクと気持ちよくなる。二人の身体に淫らな精気が膨れ、無意識に吸収しそうになった。

（いけない。亜輝にあげるんだった）

舌が触れ合うたびに、擦りつけるようにしてエネルギーを与える。流れ込んでいく感覚さえ掴めれば、あとは自然にできるはず。

「アリア……さん。何か、私……あっ」

キュッと首に回された腕に、力強さを感じる。わずかながらも回復できている事を実感し、アリアは、さらに舌を擦りつけた。

「んあ、あふ、ふはっ……んッ」

亜輝の身体が小さく跳ねる。おとなしかった舌が巻きついて、次第に唾液の音が響いてくる。まだキスくらいしかしていないのに、体温の上昇が止まらない。

「はぁ、はぁ、はぁ……あふっ」

口づけの快感に酔いながら、乳房を鷲掴みにした。指先で乳首を摘み、催淫作用のある波動を注入する。普段の彼女にはあまり必要ないけれど、人間側が精気を受け取りやすくするには、強く欲情させて、身も心も開放的になった方がいい。

「ふぁ!?　あ、あ……凄い……ンあッ」

亜輝の目が大きく見開かれる。かと思った次の瞬間には、とろんと蕩けたように力が抜けた。半開きの口から涎を垂らし、アリアの唇に吸いついてくる。

「アリアさん……。身体、が……や、あぁぁ……」

悶える亜輝に舌を差し出すと、まるで母乳を飲むようにチュバチュバと音を立てて唾液を啜った。少女が淫らに悶える姿にアリアも昂る。強張る彼女の内腿に手をこじ入れて、下着の上から淫溝を撫で上げる。

「ふぁんっ」

「あは、凄い。亜輝のパンツ、お漏らししたみたいにグショグショよ」

「やん、やぁぁぁん」

アリアの言葉責めで半泣きになった亜輝が、キスに逃避する。彼女に唇と舌を与えながら、その隙に下着の底をずらし、濡れそぼった淫部を外気に晒した。吸い取る布地がなくなって、大量の淫液が、解放を喜ぶように内腿を流れ落ちる。

「んふ……。いっぱい濡れてる……」

「や……あ……ッ！」

その囁きで彼女が恥ずかしがるよりも早く、濡れ性器を嬲り始めた。恥裂を開き、襞の内側に溜まった蜜を掻き出す。膣穴に指を突っ込み、柔らかな媚肉を撫で回す。

その温かさと心地よさは、つい目的を忘れそうにさせる。快楽行為の中で理性を保つなんて淫魔に似合わないし、ましてや、お気楽が信条のアリアは、すぐ誘惑に負けそうになる。それでも、彼女を元気にするためと思えば頑張れた。

「亜輝、もっと感じて……もっと、あたしの精気を吸い取って……」

囁きながら口づける。指を膣内でリズミカルに往復させて、掌が濡れるほどの蜜液を溢れさせる。さらに激しく掻き回すと、淫らな小川となって細い脚線を流れ落ちた。ついには足首にまで至り、爪先から滴り落ちていく。

「あらあら。そんなにお漏らししたら大変よぉ。下の人に、亜輝のいやらしい蜜が当たっちゃう。ほら、見てごらんなさい」

眼下の街を、視線で指し示す。そこは、車や看板の光に満ちた眩《まばゆ》い世界。人通りもそれなりにあるはずで、彼女のお零れを浴びる幸運な者がいてもおかしくない。

その様子を想像してしまったんだろう。

「やぁん、やぁぁぁん。アリアさんの意地悪ぅ……！」

眉を下げ、涙を流しながら非難する。そのくせ甘えたように抱きつくし、脚もアリアの膝に絡みつけてきた。彼女がそんなはしたない格好を自らするなんて、羞恥と興奮で相当に混乱しているに違いない。でもそのおかげで、かなり淫部を触りやすくなった。

「もっともっと、亜輝シャワーを降らせてあげましょ」

「や、あ、あ……そこ、そんなにされたら……やぁぁぁ……」

陰唇を激しく震わせて淫蜜を撒き散らすと、少女はイヤイヤと髪を振り乱す。抱き締めている肢体がますます熱くなる。

「やらしい液だけじゃなくて、エッチな声まで聞かせたいの？」

「そ、そんな事……あぁ……アリア……さぁンッ」

喘ぎを抑えようとする彼女の乳首と淫核を、同時に捻った。甲高い嬌声が夜空に響き、失禁のように大量の蜜を漏らす。軽く絶頂したらしく、全身を小刻みに震わせる。

「でも、まだまだだよ」

「え……あ、待って。そこ、まだ……あぁぁん⁉」

アリアは彼女の脚の間に手首を挿し入れ、過敏になっているであろう肉襞《にくひだ》を五本の指で擦り回した。強張る手が、それを押し戻そうとする。でも淫魔が発する淫気を性器粘膜へ直に注入されて、呂律が回らなくなるほどよがり狂った。

「アリア……ひゃんっ。それっ、らめっ、強すぎ……ひぃぃんッ」

「駄目じゃないから、気持ちよくなっちゃいなさい」

「やんっ、ふぁあんっ」

全力でしがみついてくる彼女を抱きとめ、再び膣内に指を挿れる。螺旋状の愛撫で一気にとどめを、と思ったアリアの身体を異変が襲った。

「ひぁッ⁉」

仕返しのように、亜輝がアリアに指を挿入してきたのだ。スナップを利かせた手首の動きで、素早く細やかに膣肉襞を擦り上げる。

「亜輝……そんなの、どこで覚えて……ンあぁっ！」

「アリアさん……アリアさん！」

質問に答える余裕がないのか、少女は夢中で何度も名前を呼ぶだけ。でもそれはアリアも同じ。彼女を責めるばかりで疼きを溜め込んでいた身体は、予想外の不意打ちに暴走。完全に愛撫の手加減を忘れしまう。

「ふぁ、ふぁっ、はぁぁ……っ。アリア、さん……それ、凄い！」

「亜輝も、亜輝も……とっても、いいッ。あぁぁぁぁあぅ！」

無我夢中で舌を絡め、奪い合うように唾液を啜る。乱暴なほど膣肉を掻き回し、恥蜜をだらだら垂れ流す。二人とも相手を先に絶頂させようとして、股間を責めている手首を腿で押し、奥まで指を捻じ込んだ。

「「――ふぁ⁉︎」」

まさかの同じ攻撃に、二人が衝撃で目を見開く。鮮烈な快感が身体を貫き、一気に頭まで駆け上がる。

「亜輝、亜輝、あき、あきぃぃっ！」

「アリアさん、アリアさ……あぁぁぁぁぁっ！」

二人の身体が仰け反った。唾液を飛ばしながら、硬直する身体を痙攣させる。挿入中の指も大きく震えて、絶頂膣肉に追い打ちをかける。

「ひぁ、あんっ。亜輝、もう……もうやめ……あぁぁぁん」

「アリアさんもっ、お願い……もう許し……ふぁ、ふぁっ！」

終わらない絶頂の余韻に翻弄されて、キスを求め合う。先に冷静さを取り戻したのは、亜輝だった。足の遥か下に街明かりがあるのを思い出し、自分の痴態を恥じてアリアの胸に顔を埋める。

「やだ、私……お外でこんな……」

「外っていうか、空だけどね」

アリアも何とか呼吸を整え、苦笑しながら髪を撫でる。胸元に感じる彼女の息に、もう異常は感じられない。声にも張りが戻っているし、何よりも、身体に精気が満ちている。

（よかった……。元気になったみたい……）

その代わり、精気を与えたアリアはクタクタだ。倦怠感が身体を覆い、辛うじて浮いていられるようなもの。でも、不思議だった。とても疲れているのに、はにかむ彼女を見ているだけで、幸せな気分が胸を満たす。

「……帰ろうか」

アリアの呼びかけに、亜輝が頷く。それでも、なかなか動く気になれない。二人は夜の空でしっかりと抱き合い、この時間が終わってしまうのを、心から惜しんでいた。

第四章　サキュバスと少女の選択

「あ、あ……あっ！」

　アリアは、亜輝のベッドで絶え間なく喘ぎを上げさせられた。大きく広げた脚の間で、彼女の舌が仔猫のように細かく動く。内腿を舐め上げ、鼠径部をくすぐり、そのくせ核心部には容易《ようい》に近づこうとしない焦らし攻撃。広げた翼は強張りながら小さく震え、受け身のもどかしさに尻尾がパタパタとシーツを叩く。

　このところ、亜輝の愛撫が急速に上達している。元から性への興味が強かった事に加えて、サキュバスと何度も交わったのだ。技術を学び取って何の不思議もない。それに彼女の方から奉仕をしたがる事も増えてきた。今夜だって裸で待っていて、それだけでも驚かされたのに、いきなり有無を言わせずベッドに押し倒されてしまったくらいだ。

「く、くっ……きゅふン」

　早く性器にキスしてと催促したくなるけれど、先達として負ける気がして、口をつぐんでしまう。代わりに、褒める事で遠回しに要求してみた。

「亜輝ったら、上手ぅ……。ほ、他のところも……」

　やっぱり、それでは上手く通じなかったらしい。亜輝は嬉しそうな顔で、内腿に強く吸いつくだけ。とはいえ、それさえ絶頂寸前の強烈な痺れ。手足がピンと伸びる。せっかく誘導を図ったばかりだけど、ひと息入れたいほどの衝撃。しかも、その波動が引くのを待とうともせず、舌が秘裂を舐め上げてきた。

「ちょ、待っ……。今じゃない………ひぃッ！」

あれほど望んでいたキスは、拷問のようなタイミングで与えられた。立て続けの攻撃に心の準備が間に合わない。そんなアリアの事情も知らず、亜輝の舌が陰唇を掠めるように撫でる。ほんの微かな接触が、強烈な電気となって全身を痺れさせる。

「あん、はんっ……あンッ！」

無防備な身体を快感が次々と襲い、受け止めきれない。ただでさえ過敏な淫部を、少女の吐息がさらに昂らせた。

「はぁ、はぁ……ん、ちゅ、ぺろぺろ、ちゅぱ、ちゅるっ」

両手で亀裂を広げ、粘膜や膣口を一心不乱に舐め回す。丁寧というレベルを超え、執拗と呼べるほど時間をかけて、アリアを快感の高みへと追い詰めていく。

「凄い……飛びそう……！」

余裕を失って、思わず尻尾で反撃に出ようとする。しかし、それを察した彼女は掌で受け止めて阻止《そし》し、逆に付け根をくすぐってきた。

「ひぁぁぁッ!?」

鼠径部と同じくらい敏感な部分を刺激され、仰け反りながらシーツを握り締めた。プライドなんて気にしている場合じゃない。より深い快感を求めて、身体が勝手に脚を開く。今の亜輝は機を逃さない。舌先を、一瞬でクリトリスへと滑らせた。

「ふぁあッ！　あ、そこ、そこぉっ‼」

彼女らしい繊細さと、らしくない素早さで、硬い肉芽を繰り返し転がされる。身体の芯をビリビリと痺れが通り抜け、恥ずかしいほど身悶えさせられる。

「ま、まだ……このくらいで、あたしが……あたし、が………ふぁぁぁっ」

気持ちより先に身体が音を上げた。堪らない快感の電流に負けて手足が突っ張る。陰唇や腰を細かく痙攣させて、全身を使って達しましたと白状してしまう。

「はぁ……アリアさん……」

亜輝の舌は、離れない。一転して穏やかな動きで、震える陰唇をなだめてくれる。温かな心地よさに身を任せ、アリアはひとまず、荒くなった呼吸を整える事に専念した。

その後、亜輝を一回だけ絶頂させた。今度は彼女の方が、息を荒らげてベッドに転がる。全裸で横臥している少女が太腿をべったり濡らしているだけで、アリアの自尊心を十分に満足させてくれた。

「じゃあ、今日は帰るわね。ゆっくりとおやすみなさい」

月明かりの射す窓際に立って翼を広げると、亜輝が気だるそうに身体を起こした。

「アリアさん……。私なら、もっと吸っても大丈夫ですよ」

その言葉に、一瞬、顔が硬くなる。気づかれていたみたいだ。ここ最近、回数を抑えている事に。もちろん彼女の体調を気遣っているからに他ならない。

(また倒れさせるワケにはいかないもんね)

しかしそうなると、自ずと吸収する精気の量も減るわけで、今度は亜輝の方がアリアを心配している。回数抑制の意図なんてひと言も話していないのに、鋭い娘だ。

「あらあらぁ？　亜輝ったら、まだシ足りないの？　ンもう、やらしい娘ね～」

わざと大袈裟に煽って、話を逸らそうとした。しかし目を細めて「ぷぷぷ」と笑ってみせても、彼女の表情は変わらない。むしろ、そんなアリアの軽薄な態度が、余計に疑惑を深めてさせてしまった感じ。仕方なく、ごまかすのを諦めた。

「……平気よ。十分すぎるほど精気をいただいてるから。前が貰いすぎてたくらいなの」

とはいえ、それも半分嘘。生命活動に必要な分は確保しているから問題はないけれど、正直を言えば、物足りない。亜輝も偽りの匂いを感じたのか、見上げる目は怪訝そうなまま。

ちょっと、胸が痛んだ。だから、少しだけお言葉に甘える事にする。

「それじゃ……おまけをもらうわね」

ベッドの脇に膝を突き、彼女の頬を両手で挟んだ。そして、顔を傾け口づける。彼女も静かに目を閉じる。舌を使わない、唇を重ねるだけの軽いキス。それだけでも、心地いい淫気に身体を包まれた。

絵描きとしての亜輝は、まだまだ無名の部類らしく、たまに来る依頼を受けるだけ。だから、一回の料金が安くはないサキュバス喫茶に頻繁には来られない。そんな事情を酌めるくらいには、アリアも賢くなっていた。一週間以上も店に姿を見せないからといって、もう腹を立てる事もない。

そして彼女も、アリアの事情を理解してくれているものと思っていた。女性の精気を吸って生きている事。サキュバス喫茶で働いているのはエサ探しであるという事。だから、不平や不満なんて何ひとつ言わないし、顔にも出さないのだと。

ところが今日は、いつもと様子が違っていた。

「アリアちゃん、ご指名。いつもの娘、来てるわよ」

裏オプションでエッチを楽しみ、喫茶店の方へと戻ったアリアに、休む間もなく亜輝の来訪が告げられた。彼女はすっかり常連扱いで、他の店員にも顔を覚えられている。

「いらっしゃーい」

いつもの接客モードでテーブルに着く。するといきなり、彼女は何かを確かめるようにクンクンと鼻を小さく動かした。眉を寄せて、いたくご機嫌斜めな様子。どうかしたのかと尋ねる前に、亜輝の方から口を開いた。

「……ボディソープの匂い。…………裏の、だったんですか？」

「あ、うん。そうだけど」

正直に答えたら、視線をわずかばかり逸らされた。怒っているようにも見えるけど、頬の膨らませ方が微妙すぎて、判断が難しい。

「どうかした？」

「してません」

それは、どうかしている時の言い方。しかも、急に元気をなくしたように俯いてしまった。珍しく感情の起伏が激しくて、アリアの胸に不安の雲が広がる。

（あれ……？　あたし、何かやらかした!?）

何を不満に思っているのか分からない。暗雲はさらに急拡大し、誰かに助けを求めるように店内のあちこちに視線を飛ばす。

（あ、そうだ。注文！）

困惑の中にあって段取りを思い出し、テーブルに置かれたメニューを彼女の方へ滑らせる。その手が、細かく震えた。下僕の機嫌を気にして狼狽するなど、何と無様《ぶざま》な。それなのに、この娘が笑ってくれないだけで落ち着きが失われてゆく。

「ねえ、何を怒ってるの？」

情けない思いをするくらいならと、思いきって正面から尋ねてみた。すると、攻撃的だったはずの亜輝の方が、びっくりしたように目を丸くする。かと思うと見る見る申し訳なさそうな顔になって、肩を竦めてしまった。

「お、怒ってなんかいません。あの……ごめんなさい。気を悪くしたのなら……」

「それはあたしのセリフよ。言いたい事があるなら、ちゃんと聞かせて。文句でもお願い事でも、何でも受け止めるから」

彼女の髪をひと房、手に取って、なだめるように指で梳く。できれば文句なんかじゃなくて、エッチなおねだりであって欲しいと思いながら。亜輝は、逡巡するように唇を小さく動かすだけで、なかなか答えない。

返事を待ちかねて、手にしていた髪を、掌からはらりと落とす。何気ないその仕種で、見放されたようにでも感じたのか、ハッとなった顔でアリアを振り返った。その目は、今にも涙が零れそうに潤んでいる。

「え、ちょっと……。どうしてそんな……」

「……怒らないで」

声を震わせ懇願するだけの彼女に、アリアの困惑は混乱へと陥った。さらに間が悪い事に、通りかかった蘭が、その光景を怪訝そうに見ていた。アリアが泣かせたとでも誤解されたら、また叱られる。

「あの、えっと……。この娘、ちょっと気分が悪くなったみたいで……外の空気でも吸わせてきまぁす！」

なんて言い訳をして、大慌てで亜輝を店外に連れ出した。

「――ここなら大丈夫かな」

従業員用の通用口から、ビルの裏に出る。ごみ出しにも使う場所なので、それほど綺麗とは言えないけれど、他に人目を避けられる場所はないし、仕方がない。

亜輝は、俯いて口を開こうとしない。アリアが怒ったと思い込んでしまったみたいだ。

「ねえ、亜輝。あたし、何か悪い事した？　謝るから教えて」

少女は弾かれるように顔を上げ、必死にふるふると首を振った。

「アリアさんは悪くありません。ただ……ちょっと……嫌だなって思っちゃって……」

「何が？」

「…………裏、オプション…………とか…………」

とても途切れ途切れに、それでもやっと、心を吐露してくれた。しかしむしろ、アリアは首を傾げる羽目になった。裏オプションに従事しているのは、彼女もとっくに承知している。今さら機嫌を損ねるような事でもないはずだ。それに「とか」というからには、他にも気に入らない行為があるのだろうか。

考えられるとすれば、席での接客くらいなもの。腕を組み、頭を捻ってうんうん考え、そして、はたと思いつく。

「もしかして、妬いてる？」

「ちちち、違います！　私が妬くだなんて……！」

亜輝の顔が、カッと一気に赤くなった。突き出した両の掌で壁を作るかのように、上下左右にグルグル回す。そこまで取り乱したら、図星ですと自白しているのと同じ。

「わ、分かってるんです。アリアさんはサキュバスなんだから、いっぱい女の子と仲良くしなくちゃいけないんだって。分かっては……いるんですけど……」

次第に声が小さくなる。自信が失われ、表情も沈んでいく。

「私は、アリアさんの食糧です。所有物です。だから、嫉妬する資格なんて……」

ついには独り言みたいになってきた。実際、自分に言い聞かせているんだろう。しばし沈黙した後、再び顔を上げた彼女は、微笑んでいた。

「やっぱり、嫉妬みたいです。でも……嬉しいです。ろくに友達もいなくて、ずっと独りぼっちだった私が、好きな人の事で焼き餅を焼けるようになるなんて……贅沢ですよね」

その笑顔に、アリアの中で、本当に怒りのようなものが湧いてきた。衝動的に手を伸ばし、そして――。

「バカっ‼」

「えっ……きゃ⁉」

思いきり抱き締めていた。驚いた亜輝が小さな悲鳴を上げる。戸惑う彼女を腕ごと搦め捕り、その耳に、咎めるように囁きかける。

「……嘘つき。そんな贅沢なんて、あるわけないでしょ」

嬉しいと思っている女の子が、辛そうに瞳を濡らすわけがない。抱きすくめる腕に力を込めると、堪えきれなくなった涙がひと筋、彼女の頬を流れ落ちた。

「ほら、ごらんなさい」

「ご、ごめんなさい……」

彼女自身、その涙に驚いている。もしかしたら、自分の気持ちを理解できていないのかもしれない。事実、瞳は虚空を見上げ、困惑に揺れ始めた。

「私、どうしちゃったんだろう。さっき、店員さんにアリアさんは裏オプション中って聞かされて……。そうしたら、実際にソープの匂いがして……。他の子を抱いてきたんだって思ったら、色々と想像しちゃって、胸の中がグチャグチャに痛くなって……！」

アリアの胸に顔を埋め、亜輝が一気にまくし立てる。感情が暴走しそうな彼女の背中を撫でて、とにかく落ち着かせようとした。

「そんなの、今に始まった事じゃないでしょ。どうしたのよ、急に……」

「急じゃありません……っ」

珍しく、彼女がアリアの言葉に噛みついた。音量はいつも通りに慎ましいのに、思わず息を呑んでしまうような悲痛な声で。

「ずっと……ずっと、そうでした。でも、アリアさんは私だけのものじゃないって自分に言い聞かせて……。それなのに……」

そういえば、亜輝はいつもきちんと予約をしてから来るから、他の客と遊んでいる場面に遭遇した事はなかった。彼女はここがどんな店であるか理解しているし、しかもアリアが女性を必要とする魔物である事も知っている。それでも、他の女の子の存在を実感しないうちは、平静を保っていられたんだろう。

でも、彼女の中では、普通に独占欲が育っていたのだ。

そして今日、たまたま、裏オプションの最中に来店してしまった。アリアが誰かと肌を合わせているところだと、教えられてしまった。きっと、具体的な場面を思い浮かべたに違いない。それが、抑圧していた嫉妬という感情を、爆発させてしまったのだ。

(何だろう……)

アリアは首を傾げた。自分の中にも、不可解な感情が芽生えているのを感じる。目の前で肩を震わせる少女を見ていると、鼓動が高まる。抱き締めたい欲求に駆られるけれど、性欲を満たしたいのとも違う。ただ純粋に、可愛らしくて、愛おしくて、堪らない。

誰か一人に愛情を向ける。そんな価値観、淫魔にあろうはずがないのに。

「……下僕のくせに嫉妬だなんて、生意気ね。あなたを甘やかしすぎたかしら」

わざと、意地悪な声を出した。彼女に対してというよりも、アリア自身の心を試すために。厳しい言葉が、己にどう響くかを知るために。当然、亜輝は動揺する。震える手が、アリアの制服を掴んだり放そうとしたり、気持ちの揺らぎをそのまま映す。

「す、すみませんっ。私、もう生意気は言いませ………ンッ⁉」

慌てて謝る唇を、キスで塞いだ。彼女は固まって動かない。慰めたり突き放したりと、行動に一貫性がなくて、どう受け止めればいいのか分からないのだろう。でもそれはアリアも同じ。どうして自分の心が揺らいでいるのか、確信が持てない。

だから、試しに考えてみた。今まで想像すらしなかった事を。

（もし……この娘が他の誰かとキスしてたら……）

頭の中で、誰とも知れない人影が亜輝を抱き締める。その唇を奪おうとする。

「——‼」

瞬間、発火したような熱が全身を覆い尽くした。腕が彼女を強く掻き抱く。舌が口腔の奥へと容赦なく侵入していく。彼女の柔らかさを、味を、匂いを感じるたびに、迷いのようなものが晴れていく。というか、迷っていた事さえ馬鹿らしくなってきた。

いきなり激しくなったキスに亜輝が身を竦める。小さく引っ込んでいる舌を突き、こっちに来いと誘い出す。おずおずと伸ばされたそれを、たっぷりの唾液と共に絡み取る。

「アリア……さんっ。ん、あ、あふ……ンッ」

「はぁ……。んふっ、美味し……」

いったん、唇を離した。糸を引いて垂れた粘液を、指で掬って口に運ぶ。亜輝は快感に頬を染めているものの、まだ硬い表情を崩せないでいる。

「あの、アリアさん……」

「えーっとね。嫉妬するって事は、それだけあたしを愛してるから……よね？」

あまりにストレートな問いかけに、少女の目が小さく見開く。初めて自分の気持ちに気づかされたような驚きが、その瞳に浮かび上がる。

「あたしが他の女の子に触れるのって、そんなに嫌？」

彼女は瞬きもせずアリアを見詰めた。ご主人様の意に添う答えを、懸命に探っている。

(残念。その考え方自体が、不正解よ)

ちょっと意地悪が過ぎたかもしれない。可愛い困り顔をもっと見たい気持ちを抑え、丸い頬に手を添えた。

「あなたの本心を聞いているの。前に言ったでしょ。あたしに尽くすために無理はするなって。それは、身体だけの話じゃなくて、ここでもそうなの」

言いながら、指先で彼女の胸をツンと突く。

「もっとワガママを言って。もっとあたしに甘えて。それとも、まだ自分は独りぼっちだと思っているの？」

亜輝の目が、さっきよりも大きく見開かれた。急《せ》き立てられるように首を横に振る。

「もっとあたしに甘えたい？　それとも、甘やかされたい？」

選択肢を与えているようで、どちらもほとんど同じ事。それでも、彼女は真剣な眼差しで答えを探した。

「んふっ」

戸惑う唇を再び塞ぐ。口腔を舌で掻き回すと、懸命にしがみついてきた。小柄な身体の小さな震えが愛らしくて、アリアも恍惚とした気持ちになる。サキュバス唾液の催淫作用と、亜輝の淫気が混ざり合い、二人をキスの快感にのめり込ませる。腕を回してしっかり抱き合い、我を忘れて唇を擦り合わせる。

だから。

「………………あ」

ガチャリと扉が開いて、誰かの驚く声がするまで、まったく周囲が見えていなかった。

閉店後の控室で、椅子に座らされたアリアと亜輝が身を固くする。その周りを、蘭をはじめとした従業員たちがぐるりと囲む。

「仕事をサボって逢い引きチューとは、いいご身分ね」

腕組みをした「店長」が、冷徹な目で皮肉った。

「それは……その……」

「言ったはずよね。必要以上に客と仲良くなるなって。ひとりにのめり込みすぎるなとも言ったかしら？」

「え～、あ～、それはその～……………………はい」

蘭の説教に、何とか言い訳や反論を、と頭を巡らせたけれど、まったく彼女の言う通りでしかなく、アリアは深く項垂れるしかなかった。

(何を真面目に聞いてんのよ、あたしは!?)

心の中で反発してみても、胸の内では納得している。すっかり人間社会のルールに慣らされてしまったみたいだ。

それでも、自分ひとりが怒られるだけなら、たいした問題じゃない。同じく吊るし上げを食らっている少女に申し訳がなかった。

(う～……。ただでさえ、亜輝は他の人間とのコミュニケーションが苦手なのに～)

それが、ほとんど話をした事のない者たちの、しかも責め立てるような厳しい表情に取り囲まれて、完全に血の気を失ってしまっている。

(どうしよう……)

蘭の説教より、そちらの様子に気を揉む。最近は以前より明るくなってきたのに、こんな調子で責められたら、また心を閉ざしてしまいかねない。

「聞いてるの？」

「あ、はい！」

蘭の静かな口調は、妙に怖い。変に怒鳴られるより背筋が伸びる。そんなアリアを見下ろし、彼女は亜輝に向き直った。何を思ったか、目線を合わせるように腰を沈める。

「…………亜輝ちゃん。あなた、アリアちゃんを好きなの？」

アリアは焦った。こんな人見知りの少女に、そんなデリケートな質問を真正面からするなんて無神経すぎる。何とかして亜輝だけでも解放してあげなくては。

でも、許しを請うより先に、彼女の方が口を開いた。

「好きです」

澄んだ声が、部屋の中で静かに広がった。蒼褪めていた顔には赤みが差し、瞳にも強い意志が宿っている。内気そうな少女の毅然とした態度に、少女を囲んでいた女の子たちは目を見張る。蘭でさえ気を呑まれ、それでもすぐ我に返り、重ねて尋ねた。

「わたしは、恋愛的な意味で聞いたのだけど」

「……はい。そういう意味、です……」

核心に迫られて、さすがに恥ずかしさが戻ってきたらしい。赤みを増した顔を伏せ気味にして、声も小さくなってしまった。

「そう、分かったわ。それでアリアちゃんは？　亜輝ちゃんの事をどう思っているの？」

蘭は小さく頷くと、当然の流れでアリアにも向き直る。ただ、それを尋ねられた瞬間、無性に腹が立った。

（どうしてそんな事を答えなきゃいけないの？　誰が誰を好きになったって、あなたたちには関係ないでしょう！）

心の中で怒鳴りつけ、でも次の瞬間、自分の言葉にハッとなる。

（好き……？　あたしは……亜輝が好き、なの？）

明確な言葉で自覚した事はない。そもそも、サキュバスと人間だ。食う者と食われる者だ。そこに恋愛感情が成立するはずがない。

それなら、胸の中を占めている、この切ない感覚は何だろう。

亜輝の方を振り返り、自分に問いかける。心の奥の奥まで覗き込み、彼女に対する偽りのない気持ちを確かめようとする。

「好きです」

それは、何の前触れもなく口から零れ出た。心を探る必要なんてなかった。ただ感じたままを表現するだけの、簡単な話。

「そう……」

蘭は、溜息のような声を漏らしながら立ち上がった。呆れたような、悲しいような表情になって、アリアたちにくるりと背を向けてしまう。

(あぁ……これは、クビだな)

散々念押しされていた店の決まりを破ったのだ。去れと言われたら従うしかない。そうなったとしても、サキュバスには何のダメージもないわけだし、本来あるべき姿のように、自由奔放に生きればいい。

そのはずなのに、どうしてなのか、胸が痛い。目の周りが、重苦しい熱を孕む。どんな決定を言い渡されても甘んじて受け入れるつもりで、目蓋を閉じる。

しかし、誰も何も言ってこない。沈黙の時間が続き、アリアの覚悟が困惑にすり替わっていく。状況を確認したいけど、なまじ格好をつけて視界を閉ざしてしまったせいで、目を開くタイミングが分からなくなる。

焦れて、我慢しきれなくなった睫毛がピクピク震え始めた瞬間、急に蘭がパンと大きく手を叩いた。

「さあ、みんな！　お祝いパーティよ！」

「………………ん？」

弾みで目蓋が跳ね上がる。覚悟を決めるのに一生懸命なのとびっくりしたのとで、よく聞いていなかった。この場にそぐわない言葉だった気がして、誰かに教えを請うように辺りを見回す。亜輝も目をパチクリさせているので聞き間違いではなさそうだ。実際、店員のみんなが厨房で慌ただしく動き回っている。

「さぁさぁ。二人とも、こっち！」

「え、あの……えぇ？」

数人の仲間に背中を押され、店の真ん中のテーブルに並んで座らされた。いつもの仕事以上の手際で、瞬く間に「パーティ」の準備が整ってしまう。ケーキにお菓子。グラスになみなみと注がれたワイン。アリアの頭には、とんがり帽子まで被らされる。

「何これ、何これ⁉」

混乱で声が裏返る。直前までの重い雰囲気からは想像もできない騒々しさ。亜輝なんて瞬きもせず、人形みたいに固まっている。そんな二人の前に、申し訳なさそうな苦笑いの蘭が進み出た。

「ごめんねー。驚かせるつもりはなかったのよ。ただ、あなたたちの気持ちを、ちゃんと確かめたかったものだから」

そうじゃなくて、どうしてこんな騒ぎになっているのか知りたいのに。苛立ちで腰を浮かせかけたら、女の子たちが前に居並び、そして。

「二人とも、おめでとぉー！」

全員で一斉にクラッカーを鳴らした。十数個分の破裂音と、軽い火薬の匂い。飛び出した色とりどりの無数の紙テープが、アリアと亜輝の頭に降りかかる。

「……はい？」

唖然とするアリアの横に、仲間のひとりが無遠慮に腰を下ろした。

「それで、二人はいつから付き合ってるの？」

「えっと……何？」

その不躾《ぶしつけ》な質問を、別の子がデコピンで諌めた。

「ンもう。いきなりだから困ってるでしょ。あのねアリアちゃん。これは、カップル成立のお祝いだよ。まあ、もしかしたら前からお付き合いしてたのかもしれないけど、わたしたちに発覚した時点でって事で、勘弁して」

両手を拝むように合わせながら、ウインクする。まだ混乱しているけど、怒られているわけではないのは分かった。

「あの。でも、あたし、お店の決まりに違反……」

「もちろん公私混同は駄目よ。無闇にお客さんに手を出させないためのルールよね」

ただし——と、彼女は指を立てながら悪戯っぽく微笑んだ。

「何が何でも禁止ってわけじゃないの。店長も言ってたでしょ。ここは女の子同士の出会いの場所でもあるって。好きになった人同士を引き離すなんて野暮な真似、しないわよ」

「じゃあ……」

「同性の恋人なんて、簡単には見つけられるものじゃないでしょ？　あなたたちみたいな人がいてくれるのは、わたしたちにとっても励みになるの。嬉しいのよ。というわけで、恋人関係になったらお祝いパーティっていうのが、実はお店の裏ルール。……やっかみの意味も込めてね」

だから遠慮せずに祝福されておきなさいと、他の仲間たちも笑った。とても嫉妬含みとは思えない、心の底から明るい顔で。


そのパーティ以来、亜輝は、他の店員ともよく喋るようになった。引っ込み思案なところは簡単には変わらないけど、普通に友達として接している。彼女の孤独が癒えていくのが目に見えるようで、何となく、アリアも嬉しい。

だからこそ、蘭に、お願いをしておく必要があった。

「店長、あの……裏オプションの事なんだけど……」

恋人がいるのに、他の女の子と肌を合わせるのは気が引ける。免除を願い出たら、意外にも、彼女はあっさり許してくれた。

かくして、アリアは亜輝だけのものとなった。特定の人間と親密な関係になるなんて、故郷を出た時には想像すらしていなかったのに、何だか不思議な感じだ。

「魔物的に……これでいいのかなぁ?」

甚だ疑問ではあるけれど、胸の内はとても軽い。まるで、すべての悩みが解消したかのように。そんなはずはないのに、絶対に何かしらの問題が存在しているはずなのに、亜輝と顔を合わせるだけで、お腹がいっぱいになる。

「これが幸せっていうものなのかしら」

ついつい浮かれてしまうけど、そう思えるなら、正しい選択をしたという事。こんなに楽しい日々を送れている決断が、間違っているはずがない。

充実感に満ちて働くアリアを、久しぶりにリーヴィアが訪ねて来た。人間に化けて、客を装い席に着く。今日は珍しく暇で、他のお客は一人だけ。妙に静かな店内で、ドリンクなど傾けつつ近況を報告し合う。

「献上品って、こんなに見つからないものだと思わなかったわ」

リーヴィアから出るのは嘆き節ばかり。相変わらず難航しているようで、あまり機嫌はよろしくない。しかし、彼女の表情が優れないのは、それだけが理由じゃなかった。

「アリア、あなた……ちょっと見ない間に、やつれた？」

「そうかなぁ。自分では分からないけど……」

彼女が心配そうに眉を寄せるので、お腹周りを確かめる。痩せたと言われればそんな気もするけれど、毎日測定しているわけじゃないので、変化なんて気づきようもない。

「あなたが大丈夫だって言うなら……って……何よ、この気配は……！」

まだ何か言いたげだったリーヴィアの目つきが、急に険しくなった。一拍遅れてアリアの背筋にも寒気が走り、自らを抱き締める。これまで感じた事のない、邪悪な悪意。そのくせ、自分たちが持っているものによく似た、純粋な性への欲望。

「――淫魔⁉」

でも、この悪寒はサキュバスじゃない。男淫魔のインキュバス。亜種とも呼べる類縁ではあるけれど、人間の女という獲物を奪い合う、互いに相容れない宿敵。それ以前の問題として、一族同士で本能的に毛嫌いしている相手なので、この妖気に吐き気を覚える。

「どこにいるの⁉」

可愛い女の子たちが、むざむざ男淫魔の毒牙にかかるのは看過できない。二人は神経を尖らせて敵を探した。気配の強さから見て、すぐ近くにいるはず。

それはすぐに見つかった。リーヴィア以外の、唯一の客。女性だとばかり思い込んでいたけど、魔物の目で見てみれば、明らかに人間とは違う、醜い魔性が映った。

身体に比べて大きな頭。卑屈さが滲み出るような猫背で、小さな羽に短い尻尾。そして土色の肌の中に光る、沼のように濁った緑の目。

向こうもアリアたちの視線に気づいたらしい。大きく裂けた口から牙を覗かせ、憎たらしいほど不敵な笑みを向けてくる。

「馬鹿にして……！」

頭に血が上るけど、攻撃はできなかった。すぐそばに接客中の店員がいる。彼女は相手がインキュバスだとは気づいていない。人質を取られているようなものだ。それに、こんな狭い場所で魔物同士の争いなんかできるわけがない。

戦うにしても場を改める必要がある。相手も、そう認識しているものと思っていた。しかし次の瞬間、アリアもリーヴィアも驚愕した。信じられない事に、インキュバスが変化を解き、その正体を現したのだ。

「きゃあぁぁぁっ!?」

人間の女性だと思っていた者が化け物になって、接客していた女の子が悲鳴を上げる。

「あいつ、何のつもり!?」

「きっと、わたしたちに攻撃されると思ったんだ！」

アリアの問いにリーヴィアが答える。殺られる前に殺ろうという魂胆なのか。その推通り、インキュバスが爪を伸ばして飛びかかってきた。やむを得ず二人も応戦。翼を広げて天井近くに舞い上がり、敵の横っ面を尻尾で叩く。

「くッ……！　この異端種どもが！」

「それはこっちのセリフよ！　ていうか、こんな場所で本性を現すなんて!!」

先制攻撃に失敗したインキュバスの目に憎悪が浮かぶ。アリアたちも牙を剥いて威嚇する。そこへ、控室や厨房にいた女の子たちが騒ぎを聞きつけ、フロアに飛び出してきた。

「なになに？　トラブル!?」

まさか魔物同士で戦っているなんて思わない。事態を把握できずにいる彼女たちに、男淫魔が標的を変える。急に方向転換し、手近な女の子を攫おうと腕を伸ばした。

「まずい……！」

焦ったアリアが猛スピードで追撃。土色の翼を掴んで窓の外に放り投げる。派手な音でガラスが割れて、インキュバスは外へ。サキュバス二人もそれを追う。

「リーヴィア！」

上昇したアリアがビルの屋上を指差すと、彼女は土色の尻尾に掴みかかった。そのまま大きく振り回し、硬いコンクリートへ勢いよく叩きつける。

「ぐぇッ!!」

インキュバスが、カエルの潰れたような声で呻く。それでも即座にリーヴィアを蹴り飛ばして後転で起き上がり、四つん這いの姿勢で、対峙するサキュバスたちを威嚇した。

「小娘どもがっ……。前にも相棒を邪魔したのはお前らか？」

「それって……前にアリアが教えてくれた、わたしの狩り場にいたってやつ!?」

どうやら、大学に現れた異種サキュバスと組んでいるインキュバスだったようだ。知らない間に狩り場を荒らされていたのを思い出し、リーヴィアが目を吊り上げて憤慨する。

「でも運が悪かったわね。ここもアリアの縄張りだから、他を当たりなさい」

「その必要はない。お前らを追い出せば済む話だ」

急に、インキュバスが外見に似合わない低音ボイスで喋り出した。きっと、それで女を催眠状態にして誘惑するんだろう。だが、あいにく男を欲する本能のないアリアたちには通用しない。それが分かると、インキュバスは顔を顰《しか》め、改めて実力行使に出た。短い脚が数倍に伸び、リーヴィアの足を払う。

「きゃあ!?」

ひっくり返った藍色髪のサキュバスの腹に跨がって、顔に爪を立てようとする。アリアは咄嗟《とっさ》にその手首を蹴り飛ばし、ついでの回し蹴りを顔面にめり込ませた。

「ぐあぁぁぁッ!!」

さすがにこれは効いたらしく、両手で顔を覆ってゴロゴロとのたうち回る。

「くそっ。聞いてた以上に凶暴な奴らめ……」

「ひっどぉい。じゃあ、あたしはぁ、あんたがどれだけ貧弱淫魔か言いふらそーっと」

リーヴィアがへらへらと笑ってみせる。挑発に乗ってカッとなったインキュバスが彼女に襲いかかる。アリアはその背中に飛び乗ると、羽の付け根を思いきり掴んだ。

「ここから手を引きなさい！　でないと、使い物にならないくらいに羽を引き裂くよ！」

脅しじゃない、本気だ。握った手に力を込めて、背中から剥がそうとする。真顔になったリーヴィアも男淫魔の顎を片手で掴み、握り潰す勢いで指を食い込ませた。身体を破壊されそうな恐怖で、さすがにインキュバスも悲鳴を上げる。

「ま、待て……待ってぐれ！　お願いだ、待ってぐれぇぇぇ!!」

それでも二人のサキュバスは力を緩めない。男淫魔は何度も必死に訴えかける。

「こ、この街からは手を引く。だから……！」

「最初からそう言えばいいのよ」

反撃に警戒しながら、アリアたちはインキュバスを解放した。唾棄したくなる相手ではあるが、それでも魔物同士。無益に命のやり取りなんかしたくない。

双方の間には、なおも緊張がみなぎっていた。油断したら形勢を逆転される。数十秒も睨み合っていただろうか。やがて、インキュバスは苦々しくも諦めた顔になった。年若いサキュバスとはいえ、さすがに二人も相手にするのは分が悪いと踏んだようだ。痛めた羽を何とか動かし、夕暮れの空に消えて行った。

「ふーっ。怖かったぁ」

「こっちが小娘だからって油断したんでしょ。何度だって追い払ってやるわ」

相手の姿が見えなくなり、緊張から解放されたリーヴィアが溜息を吐く。アリアも強気になって大口を叩く。新たな問題が発生している事にまったく気づかないままに。

「………あの、アリアちゃんって一体……」

屋上のドアが開き、サキュバス喫茶の仲間たちが、唖然とした顔で二人を見ていた。アリアもリーヴィアも互いの姿をしげしげ眺め、やっと彼女たちの戸惑いを理解する。

「うわ、うわっ。正体見られたっ。ていうか……何でみんなに見えてるの⁉」

本来のサキュバス姿を晒したのも大問題。でもそれ以上に、魔力なんて持っていないはずの店の連中が、どうして魔物を視認できているのか。

(何で？　この子たちって、みんな霊力が高い集団⁉　まさかの魔物狩り一族⁉)

状況を把握したせいで逆に混乱に陥って、ありえない妄想に目を回す。そんなアリアを横目に、リーヴィアがサッと手を挙げた。

「じゃ、わたしは帰るから」

そして無情なセリフを残し、引き止める間もなく飛び去ってしまった。

「ちょ……リーヴィアずるい！」

自ずと、後に残されたアリアにみんなの視線が集中する。インキュバスとの格闘なんかより何倍も激しい焦燥に襲われ、全身から冷や汗が噴き出る。

「その羽、本物……だよね？　それに尻尾も……。もしかして……アリアちゃんって……本物のサキュバス⁉」

まさかの一発正解に卒倒しそうになった。そもそも、変化したり飛んだりした時点で、どう取り繕っても無意味。正体が何であれ、人間でない事は明白。今度こそ本当に、店にいられなくなる。居場所を失ったら、何のために命がけで戦ったのか分からない。

(ていうか……何のためだっけ)

インキュバスの存在に気づいた時、危ないと思ったのは縄張りじゃなかった。咄嗟に動いた時、自分は、もっと別の事を考えていたはず。

そう思って、集まっている女の子たちの顔を見る。不安げな表情を浮かべてはいるけれど、傷ひとつない様子に、アリアの胸は安堵を覚えた。

（ま、この娘たちを守れたんなら、いっか）

今はそれだけで十分と、自分に言い聞かせる。

「……見ての通り、あたしはサキュバス！　サキュバスのアリア！　あなたたちみたいな紛《まが》い物と違う、本物の魔物よ！」

決別の意思を込め、大仰に名乗った。大きく羽を広げ、牙を剥き出しに威嚇する。

怖れるがいい。嫌うがいい。いくら魔物の扮装をしていても、本当の魔族を受け入れられるわけがない。亜輝みたいな変わり者が、そうそう他にいるわけがないのだ。

（だから、みんなの記憶も消してあげるね）

亜輝の時のように曖昧ではなく、しっかりと念入りに。でも、胸が震える。心の奥が嫌だと叫んでいる。揺れる心に鞭打って、覚悟を求めようとする。

すると、そんな感傷とは裏腹の、底抜けに明るい声が耳をつんざいた。

「やばいやばい本物だって！」「マジで？　すごーい！」「写真、写真撮っていい⁉」

女の子たちが駆け寄って、アリアを一瞬にして取り囲んだ。きゃあきゃあと興奮した声

ではしゃぎながら、手にしたスマホで撮りまくる。彼女たちの反応が信じられず、凄んで追い払うどころか、勝手な撮影を怒るのさえ忘れてしまう。

「あ……あなたたち、ちゃんと理解してるの？　あたし、魔物なのよ！」

「分かってるよぉ。だから凄いんじゃない！」

羽を触ったり尻尾を引っ張ったり、まるで珍獣にでも遭遇したような扱いだ。

「ちょっと店長！　どうなってるのよ⁉」

困惑のあまり蘭に助けを求めると、諦めろと言わんばかりの苦笑で肩を竦められた。

「こんな店で働いてる子たちのオタク気質を舐めない事ね。アリアちゃんが本物の魔物だなんて、そりゃあ興奮するに決まってるじゃない」

「オタ……？　えぇぇぇぇ…………」

言葉の意味もその心情も、まったくさっぱり分からない。唖然となったアリアは、しばらく棒立ちで、されるがままのオモチャと化していた。

そんなこんなで、どういうわけか、アリアはサキュバス喫茶に残れる事になった。

「本物のサキュバスがいるサキュバス喫茶なんて、他にないもの！」

蘭はどうにかそれを「売り」にできないかと思案していたけど、徒労に終わった。数日後には、誰もサキュバス姿のアリアを見る事ができなくなっていたのだ。どうやら、戦闘に臨んでの魔力の異常な高まりが、一時的に認識可能にさせていただけみたいだ。

「だいたい、本物の魔物が働いていますなんて宣伝、できるわけないのに」

落胆する蘭に店員の言葉が追い打ちをかけ、彼女は数日、再起不能に陥った。

何にせよ、次の日には今まで通りの生活に戻った。割った窓ガラスも、不可抗力だからという事にしてくれたのだけど。

「ちょっと聞いてよ亜輝ぃ。あたしもね、悪いかなぁ～と思って、一応、それくらい払いますって言ったのよ。でもあくまで一応よ、建前よ？　それなのに蘭のやつ、あらそう、じゃあ遠慮なく、とか言ってさ、本当に請求してきたの！　それも工事費込みで！」

「さすがは店長さんですね」

自室でのエッチの後、蘭の物真似を交えて亜輝に不満をぶちまける。尻尾や角から湯気が出る勢いで怒ってみせたのに、恋人は面白そうにクスクス笑うだけ。

「そういえば、淫魔って男の人もいるんですよね。忘れてました」

「そうよぉ。誘惑されないように注意しなさい。まあ、何があっても誰が相手でも、亜輝はあたしが守るけどね」

「はいっ」

根拠のない大口に、彼女は満面の笑みで全幅の信頼を表した。あまりにも素直すぎて、逆に自信が小さく萎む。それをごまかすように、ことさらに声を張り上げた。

「じゃなくて請求された話ぃ。ンもう、ちゃんと慰めてよぉ」

「きゃあ」

全裸の亜輝をベッドに押し倒し、お仕置きとして激しいキスを要求する。彼女が嬉々として舌を伸ばしてきたので、これでは罰にならない。

「でも……残念。アリアさんの秘密、私だけのものじゃなくなっちゃった」

唇を離し、亜輝がちょっと拗ねる。確かに、隠し事が二人を強く結びつけていた面はあるかもしれない。だからといって、これで恋人関係が綻んだりするわけじゃない。

「あら。亜輝ったら、また焼き餅？」

「そ、それは……！　ちょっと、あるかも……」

意外にもあっさり認めた。本当に、見た目に似合わず独占欲が強い。

「あたしが気持ちよくしてあげるのは、たった一人。亜輝だけよ」

熱い吐息で囁きかけると、少女の頬がピンク色に染まる。喜びと、そして抑えきれない欲情で顔を寄せてくる。アリアも、それを受け止めようとする。

そして唇が触れ合う寸前、ふと、眠りに落ちるように、目の前が真っ暗になった。

——アリアさん……アリアさん……っ！

遠くで、亜輝が呼んでいる。彼女にしては珍しく、焦った声を張り上げて。

身体が小さく揺さぶられ、ハッと目を開いた。飛び込んできたのは、少女の泣きそうな顔。自分がどんな姿勢なのかも把握できず、左右をキョロキョロ見回して、やっと、彼女に伸し掛かっているところだと思い出した。

「あれ……あたし……？」

「よかった……。アリアさん、急にぐったりしたから、びっくりしました」

見上げてくる亜輝は全裸のまま。どうやら、キスする直前で意識を失ったらしい。

「大丈夫ですか？　何か病気とか……」

「人間じゃあるまいし、そんなのないよ。あー、ほら、あれかな？　このところお店が忙しかったから、ちょっと疲れてたのかも。でも大丈夫。魔物は丈夫なんだから」

他に心当たりといえば、インキュバスと戦った事くらい。でも余計な心配はさせたくないので、あえてそこには触れずにコロコロと笑ってみせる。

だけど、彼女の表情は曇ったままで変わらなかった。

「それなら、ちゃんと私の精気を吸ってください。気を遣うなっていうなら、アリアさんも遠慮なんかしないで」

彼女の目に、わずかながら憤りが滲む。同時に、申し訳なさそうな後ろめたさも。その反応から察するに、吸精を控え目にしているのを相当に気にしていたみたいだ。

「分かった、分かったからっ。ほら笑って笑って」

彼女の頬を両手で挟み、口角を吊り上げ強引に笑みを作らせる。そしてアリア自身も、精一杯の笑顔を見せた。

「エッチは楽しくしましょ。そんな顔をしてたら、質のいい精気は吸えないわ」

「…………はい」

懸命の説得に、ぎごちないながらも、ようやく亜輝も表情をやわらげる。アリアは心配させた罪滅ぼしのため、口づけしながら彼女の濡れた秘部に手を伸ばし、人間では味わえない快楽の世界へと誘った。


あれ以来、他種族の襲撃はない。おかげで仕事は順調。何より、亜輝との恋人生活は、この上ないほどに充実中。

「やだ、あたしったら、幸せすぎて怖いっ」

店内で接客中である事を忘れてのろけるアリアを、ストローを咥えたリーヴィアが冷めた目で眺めていた。

「もしもし店員さん。お客を退屈させちゃダメでしょお」

「あら、あなたお客様だったの？　どうせエッチぃプレイをしたいわけでもないくせに。当店のコンセプトに合わせる気がない方は、来店をご遠慮くださぁい」

「あなたねぇ……。すっかり人間に染まっちゃって……。ていうかアリアさん。大切な事をお忘れじゃありませんか？」

「………大切な、事？」

思い出せずに首を傾げるアリアに、藍色髪の先輩はガックリと俯いた。

「貢ぎ物をどうするつもりよ。クイーンへの献上品をどうにかしないと、強制的に呼び戻されて、ここで遊んで暮らせる生活も即終了よ」

説明されるに従い、口があんぐりと大きく開き、事の重大さを再認識する。

「えっとね、あのね、忘れていたわけじゃないのよ？　正確には、思い出す事がほとんどなかっただけっていうか……」

「それを忘れてるっていうのよ」

先輩の鋭い指摘に「あはは」と笑ってごまかすしかない。時計を見れば、間もなく閉店時間。今日は久しぶりに、帰り際にでも獲物探しをしようと決める。

(うーん。亜輝のところに行くって約束してたんだけどなぁ)

少し遅くなると連絡しておこうか。いつものように店の電話で。無断で私用に使うと怒られるけど、アリアは携帯を持っていないので仕方がない。

「テレパシー、だっけ？　そんなのでピピピって連絡できたらいいのにね」

「急に何の話よ」

リーヴィアが訝しげに眉を寄せる。考え事が口に出てしまったみたいだ。

「ああ、ごめん。こっちの話。最近、ちょっとボーっとする事が多くて」

「ちょっと、ホントに大丈夫な………」

リーヴィアの声が、途中から聞こえなくなる。視界が、ゆっくりと暗くなっていく。


次に目を覚ました時、聞こえてきたのは、何人もの女の子が狼狽する騒がしい声。

「あ、気がついた！　リーヴィアさん、亜輝さん！　アリアさんが目を……」

店員仲間が大声で叫ぶ。天井を遮って、二人の顔が視界に飛び込んできた。

「あれ……どうして亜輝がここに……？　ていうか、ここって……裏オプション部屋？」

道理で背中が柔らかいと思った。気を失っている間に運ばれたらしい。

「どうやら状況把握はできるようね」

人間態のままのリーヴィアが、ひとまず安堵したように溜息を吐く。でも亜輝は顔を蒼白く染め、呼びかける言葉すら忘れたように、両手で口元を覆っている。ベッドの周囲にも店の仲間が全員集まり、悲嘆にくれた表情をしている。

「何よ……みんなして、大袈裟ね。まるであたしが重病人みたいじゃない……」

「みたい、じゃなくて、そうなんです！」

聞いた事のない音量で亜輝が声を荒らげたので、びっくりして完全に目が覚めた。唇を固く結んで、眉を吊り上げて、こんなに怒っている彼女は初めて見た。

そんな感情的な恋人の言葉を引き継ぐように、リーヴィアが語りかけてくる。

「アリア、あなた……精力不足よ。もう、身体もろくに動かせないでしょう」

口調は静かだけど、亜輝と同等の怒りを感じる。アリアは反発を覚えて、元気よく起き上がろうとした。

「やだなぁ。そんな事ないって。…………あれ？」

全身、まるで力が入らない。わずかに背中が持ち上がったと思ったら、支えきれずベッドにぱたんと落ちる。

「……何で？」

「精力不足だって言ったでしょう。それに聞いたわよ。あなた、この亜輝って娘からしか吸精してないって」

「それは、そうだけど……。で、でも……逆に言えば、亜輝からは吸えてるわけで……」

「それじゃ全然足りないのよ！」

反論したら、リーヴィアの目がキッと吊り上がった。でも、彼女が怒りの矛先を向けたのは、アリアではなく亜輝。いきなりの怒声に、少女の肩がビクンと跳ね上がる。

「ねえ人間。わたしたちを何だと思ってるの？　あなた一人が頑張れば、サキュバスの命を支えきれるとでも思ってた？　これは、あなたがアリアをたぶらかして、他の女の子を抱かせなかったせいよ！」

「ご……ごめんなさい……」

感情的にまくし立てるリーヴィアに、亜輝が声を詰まらせる。そして堪えきれなくなったように、ボロボロ涙を零し始めた。

「わ、私さえ……がんばれば、いいって……思ってたから……。こんな事になるなんて、思わなかった、から……」

顔を覆った指の間から、雫が漏れる。そこまで彼女を泣かせたリーヴィアに、アリアは無性に憤りを覚えた。

「亜輝を……責めないで……。この娘……は、何も悪くないんだから……」

しかし、満足に声を出せず、懇願するような口調になる。それでもリーヴィアには十分に伝わったみたいだ。目に理性が戻り、亜輝に申し訳なさそうな顔を向けた。

「ごめんなさい……。悪いのは、このバカだったわ」

アリアを指差し、頭を下げる。それはそれで腹が立つけど、事実なので何も言えない。こんな状態になった理由は、間違いなくアリアの認識不足のせいなのだから。

(でもさ……そんなに大騒ぎするほどの事？)

亜輝まで呼び出して大袈裟な。苦笑いでリーヴィアを見上げると、彼女は、憐れむような、悲しむような顔を寄せ、アリアにだけ聞こえる声で囁いた。

「……………あなた、消滅する寸前なのよ」

「…………え？」

簡潔な言葉を、即座には受け入れられない。ゆっくり、数秒の時間をかけて、頭の中に意味が染み込んでくる。目を見開き、視線で尋ね直す。彼女は、辛そうな顔で目を逸らした。その反応こそが、真実であると物語る。

（嘘でしょう……）

それでもまだ信じられず、リーヴィアの後ろで狼狽している少女を見詰めた。

亜輝の膨大な精力があれば、他の女の子を襲う必要はないと思っていた。とはいえ彼女も普通の人間。疲れもするし、調子の悪い時もある。だからこそ、ほんの少しずつ、身体に影響の出ない範囲で貰っていた。

（それでいけると思ってたんだけどなぁ……）

その微量に吸収する行為を、多数の人間で行う事で、やっと命を繋げられるものだったなんて。確かに力の衰えは感じていたけど、そこまで不足している認識なんてなかった。

「そんな状態でインキュバスと戦ったから、エネルギーが底を突いちゃったのね。ああ、もう、まったく……。あいつらが余計な事をしなければ……！」

リーヴィアの嘆く声が、怒りを交えて大きくなる。それに亜輝が異を唱える。

「いいえ、違うと思います。そんな無茶をしなくても、私の精力をちゃんと吸ってくれない限り、どの道アリアさんは倒れていました」

「そうじゃないわ。わたしがアリアの状態をしっかり見ていなかったせいよっ」

「違いますっ。私が恋人だなんて浮かれて、アリアさんを縛りつけていたから……！」

アリアが悪いと言ったそばから、リーヴィアが、亜輝が、自分を責める。それは次第に白熱し、本人を置き去りにしての口論へと発展していく。

「ちょっと、あんたたち……！」

——パーンっ。

割って入ろうとしたアリアより先に、蘭が二人の頭を引っぱたいた。

「反省会は後にしなさい！　それより、アリアちゃんをどうにかするのが先でしょう！」

叱責《しっせき》されたリーヴィアは、多少なりとも冷静さを取り戻し、店長に申し出た。

「わたしがアリアに精力を分けるわ。この部屋、借りていい？」

「こ……この店長にそんな事を頼んだから……使用料を、ぼったくられるわよ……」

重苦しい雰囲気を和ませようと軽口を叩いたら、蘭にぺしっと額を叩かれた。

「そんな無粋じゃないわよ。あなたは元気になる事だけ考えてなさい」

この期に及んで怒られるなんて。でも、どういうわけか、それが嬉しい。

蘭が、リーヴィアを振り返った。藍色の淫魔も、居並ぶ女の子たちの顔を見渡す。

「できればみんなにも協力して欲しいけど、この子は、もう人間の姿を保てない。姿が見えなくなるだろうから、わたしだけでやるわ」

「それなら！　私もお手伝いできます。私にも、アリアさんを助けさせてください！」

亜輝が進み出る。その言葉と瞳に現れている強い意志に、アリアは目を見張った。藍色髪のサキュバスは、しばらく彼女をじっと見詰め、好きになさいと呟いた。

「は、あっ。んあぁぁぁ……」

サキュバス姿に戻ったアリアは、ベッドに横たわり、二人からの愛撫に悶えた。

「とにかくアリアをイカせてあげて。普通は人間の絶頂時に精気を吸い取るんだけど、自分が達した場合でも、それなりに吸精できるから」

「分かりました。……アリアさん、いっぱい感じてくださいね」

リーヴィアの指示に従い、指一本動かせなくなったアリアに全裸の亜輝が纏わりつく。右脚を持ち上げ、膝を舐める。舌は内腿を辿り、鼠径部にまで近づいたかと思うと急に引き返し、ふくらはぎにキスを繰り返す。彼女が触れた部分から心地いい電流が生まれ、背筋や後頭部がもどかしいほどに心地いい。時折、愛おしげな目がアリアを見上げて、その切ない色に胸を締めつけられる。

「あぁ……亜輝ぃ……」

鼓動の高鳴りを感じながら彼女に抱きつこうとした手を、阻むようにリーヴィアが握り締める。そしてゆっくりと覆い被さり、口づけてきた。

「はぁ……」

集会場にいた頃は、数えきれないほど重ねた唇。久しぶりの彼女とのキスは、頭の芯を痺れさせるほどに気持ちがいい。さらに角を撫でられて、ゾクゾクが全身を駆け巡った。考えるより先に舌が伸び、相手のものを搦め捕る。

「アリア……ちゅ、ちゅぱ、ずるっ」

「リ……リーヴィアぁ……は、あ、あ……ンふぁぁぁぁ……」

サキュバス同士のキスは甘くて、強くて、アリアを蕩けさせる。まだ身体の自由が利かない中、そこだけは夢中で動かす。

「ずるい……私もぉ……」

切なげな声で、亜輝が身体の上を這い上がってきた。少女の硬く尖った乳首に火照った肌を刺激されて、反射的に背中が浮き上がる。

「あうっ……」

仰け反った拍子に、リーヴィアの唇が外れた。すかさず、その場所を亜輝が奪い取る。触れ合った瞬間に、深々と舌を挿し込んでくる。

「あふぁ……！　す……凄いわ亜輝……。今日は、とっても……ン、あふ、ふぁむッ」

何も言わせまいとするように、口腔内をぐるんと大きく掻き回された。サキュバスの舌に比べて、人間の、とりわけ亜輝のそれは小さい。その分、リーヴィアに引けを取らない激しさで動き回り、アリアを快感の渦に引きずり込んでいく。唇も一分の隙間もないほど密着させて、夢中で擦りつけてくる。

(亜輝ったら……もしかして、あたしをリーヴィアに取られちゃうとでも思ってる？)

だから、この激しいキスなんだろうか。アリアを救うと申し出たのも、自分なら魔の者が見えるからというだけでなく、焦りを覚えたからなのかもしれない。こんな有様だというのに、その焼き餅が無性に嬉しい。

(もう少し感情的になったって罰は当たらないのに……。でもあたしなら、亜輝の考えている事なんて、全部、手に取るように分かっちゃうんだから……)

だから、その気持ちに応えようと、アリアも舌を差し出した。ねっとり、しっかり押しつけて、離れるつもりなんて微塵《みじん》もないよと、動きで伝える。

でも、少しばかり思い違いをしていたみたいだ。

「アリアさん……アリアさん……」

キスをしながら名前を呼ぶ声が、震えている。心なしか頬も濡れている。薄目を開けて眼前の景色を確かめたアリアは、鈍器で頭を叩かれたような衝撃を受けた。

亜輝は、泣いていた。懸命に唇を擦りつけながら、閉じた目蓋から雫を溢れさせる。

「アリアさん……。ごめんなさい……ごめん……なさい……」

繰り返されるうわ言のような呟きが、胸を突いた。考えが分かるなんて、思い上がりもいいところ。彼女は、純粋にアリアの異常に心を痛め、回復させようと必死なだけだったたのに。しかも、この期に及んでもまだ、自分が至らなかったせいだと思い込んでいる。

彼女には、責任なんて何ひとつないというのに。

（ホント……。バカなんだから……）

自分の浅慮《せんりょ》を棚に上げ、真摯すぎる少女に呆れ果てる。そして胸が張り裂けそうになるほどに、切ない愛しさでいっぱいになる。

「亜輝……！　ちゅ、ちゅばっ。ぷちゅ、ちゅぱ、じゅるるる、じゅるっ」

衝動的に、彼女の頭を抱え込んだ。そうしてから、腕が動くようになっているのに気づく。二人から流れ込んできた精気が、間違いなく身体を蘇らせている証拠。そうなれば、もっと気持ちよくなりたい欲が出て、キスの激しさに拍車を掛けた。二人の唇で、唾液の粘着音が絶え間なく響く。互いに唾液を分泌させて、相手の口腔に流し込む。

「あ……あふ、ん、む……じゅるるっ」

アリアが上を向いているので、どうしても下に流れてしまう。亜輝はそれを懸命に吸い取った。清楚な少女が品のない音を立てるのは、むしろ愛の強さを感じて胸が昂る。そして彼女のものと混ぜて送られてきた泡立つ唾液を、無我夢中で喉に落とした。

「ンふぁ!?」

さっきよりも明確に、身体への影響を感じた。気だるさが軽減され、さらに力が入るようになった腕で亜輝を掻き抱く。

「あぷあ……。亜輝ぃ、もっと……唾、もっとぉ……」

「あぁ、アリアさん……。飲んで、いっぱい飲んで……」

甘えた声に少女が応える。とろとろと流し込まれる唾液を夢中で飲み下す。それだけでは飽き足らなくなり、彼女の舌に吸いついて、奥へ奥へと引っ張り込んだ。

「あんっ、ンッ……ふぁあぁぁぁ……」

最初の一瞬こそ眉を寄せて痛みを見せたけど、すぐに声が甘くなり、アリアの好きに吸わせてくれる。

「まったく妬けちゃうわね。アリアがそんな真面目な顔でキスするとこ、見た事ない」

一時たりとも離れようとしない口づけを交わす二人に、リーヴィアが呆れたような溜息を吐く。そしてアリアの悶える脚を撫でながら、下半身の方へと移動した。

「じゃ、わたしはこっちを可愛がってあげるわね」

脚の間に陣取って、両膝を持ち上げてくる。彼女がしようとしている事を察し、亜輝が少し身体をずらす。アリアもキスをしながら、期待に胸を膨らませ、自ら脚を広げる。

「ちゅっ」

「ンあんっ」

内腿を軽く吸われた。わずかな刺激が大きな悦びとなって、淫裂から蜜が零れる。その匂いを嗅ぎ取ったリーヴィアが、舌を伸ばす。性器の縁を、なぞるように舐め上げる。

「ひあっ。そこ……じゃ、なくて、もっと……ンッ！」

直の刺激を求めたら、逆にサキュバスの嗜虐心を煽ったのか、さらにギリギリのラインを責めてきた。すぐ隣に敏感な陰唇があるのに、もどかしさが逆に欲情を掻き立てる。すると、アリアが下半身に気を取られている事に拗ねたのか、亜輝が左乳首を責め始めた。硬い突起を潰さんばかりの強さで摘み、捻り上げる。

「ひあっ！　あ、亜輝……それ……それ、いいっ!!」

痛い。全身が痺れるほどに痛いけど、嫉妬は彼女が愛してくれている証。そう思えば、激痛はむしろ堪らない快感となって、股間から飛沫《しぶき》を迸《ほとばし》らせた。

「きゃっ!?　ンもうっ、アリアったら！」

脚の間にいたリーヴィアが、愛液シャワーの餌食になった。憤りながらも嬉しそうな声で、ついに秘裂へ直接触れてきた。びしょ濡れのそこを啜り、膣口を突き、ザラザラの舌で淫核を荒っぽく舐め上げる。

「ひっ!?　あ、そんな一度になんて……ひぃぃぃッ!!」

大雑把な動きのように見えて、巧みな技でアリアを一気に昂らせる。でも、もっと強烈な痺れを与えてきたのは亜輝の方だった。リーヴィアの動きに対抗するように、耳に舌先を突っ込んできたのだ。

「ぴちゃ、くちゃ、くちゅくちゅ、ちゅぱっ」

「んあぁぁぁ……ふぁあぁぁぁぁぁぁぁ……ッ‼」

たっぷり纏った唾液を塗りつけ、粘着音を聞かせ続ける。耳に響く卑猥な音色と、性器を嬲る熱い疼き。そして乳首を襲う甘美な痺れ。それだけでなく、二人の手が身体のあちらこちらを這い回る。膝をくすぐられ、脇腹を撫でられ、首筋を逆撫でされて、頭が感覚を処理しきれない。狂ってしまいそうな快感嵐の中、喉から迸る喘ぎを止められない。

「ふぁんっ、それ駄目！　ダメダメ、おかしく、なる……変になっちゃうからぁ！」

頭を振り乱しての懇願は、聞き流された。二人は手を休めるどころか、さらに細やかな舌使いや指使いでアリアを追い込んでいく。

「駄目だから……ホントに……もう、もう……！」

二人の手指や唇や舌から、熱い淫気が流れ込む。身体の中で煮えたぎり、膨れ上がり、アリアの身体を浮き上がらせる。

れろんっ。

「ふぁ、ふぁ、ン……ッ、あぁぁぁぁぁッ‼」

亜輝の最後の耳朶舐めで、我慢の糸がプツリと切れた。体内で爆発が起きる。暴風が吹き荒れるような感覚に襲われて、一気に絶頂まで飛ばされる。

「んあぁっ、あぁぁぁっ、あぅ、んあッ……はッ……はぁ、はぁ……ッ！」

身体の全部が引き攣る。ガクガクと大きく震える。息をするのさえ困難なほどに。複数人のプレイだって初めてじゃないのに、こんなに激しい絶頂は経験した覚えがない。

しかも、まだ終わりじゃなかった。亜輝が終わりにしてくれなかった。

「もっとです……。アリアさんが完全に治るまで、何度だって……」

「え、亜輝……？」

くるりと、身体をひっくり返された。四つん這いになったアリアの背筋を、生温かくて濡れた舌が這い上がる。腰から羽の間まで、焦らすように、ゆっくりと。

「ふはぁぁぁあっ⁉」

全身を小刻みに震わせるほどのゾクゾク感。両手でシーツを握り締め、快感に耐える。それは肩甲骨の窪みをぬるぬると舐め回した後、下半身へと引き返していった。上昇時の焦らしから一転、腰やお尻の谷間を素早く滑り落ち、淫裂へと強引に分け入った。

「ひッ⁉　ひぁ！」

細かな動きで淫唇を震わせる。抉《えぐ》るような動きで、性器粘膜をくまなく舐め回す。さらには尻尾の付け根までくすぐってきた。

「そこ、しょこ、弱い……から……ダメぇぇぇン！」

ウズウズとゾクゾクが、同時に背筋を駆け回る。涎を垂らして絶叫させられる。腕の力が抜けて、悶絶する顔がシーツに埋まった。高々と掲げたお尻が恥ずかしくて、下半身を暴れさせてしまう。そのせいで狙いを外した舌が、お尻の穴をずるりと擦り上げた。

「きひぃぃぃッ⁉」

不意打ちの衝撃で、瞬間的に意識が飛んだ。まさかのお尻絶頂で頭が真っ白。完全に脱力してベッドに突っ伏し、手足も腰も、自分では止められないほど引き攣っている。

「はぁぁ……。アリアさん……」

添い寝するように寝そべった亜輝が、手指の爪で背筋を逆撫でした。掠るような触り方なのに、絶頂で敏感になった肌には、辛いほどの強烈な刺激。堪えきれずに仰向けになるけれど、彼女に伸し掛かられて逃げきれない。

「アリアさん、まだ力が足りないんですね？　もっと気持ちよくしてあげます」

あえなく捕まったのを回復が不十分なせいとでも思ったのか、亜輝が即座に愛撫を再開してきた。キスをしながら乳房を重ね、乳首同士を捏ねるように擦りつける。ただでさえ敏感な乳蕾が、淫気を吸ってさらに尖り、許容量を超えた快感でアリアを責め苛む。

「ま、待って亜輝！　あたし……もう、平気……ひぃんっ！」

追い打ち愛撫に繰り返し仰け反り、泣き言を漏らす。そんなアリアの顔に、傍らで膝立ちになったリーヴィアが影を落とした。

「情けない。サキュバスともあろう者が、人間相手にそのザマ？」

「だ、だって……ひっ⁉」

軽く嘲《あざけ》りながら、尻尾同士を絡めてきた。黒皮がずるりと擦れて、総毛立つような痺れに悲鳴を上げる。内腿の強張りが、秘裂から淫液を絞り出した。しとどに濡れた性器を、彼女の尻尾の先端が拭うように撫で上げる。

「そこだめッ……！　ダメだって……ひぃッ！」

まだ絶頂痙攣から回復していない恥襞では、新たな刺激を受け入れきれない。反射的に腿を閉じようとするけれど、亜輝が膝に脚を絡めて邪魔をする。

「あん、あんっ！　た、助けて亜輝……。凄すぎて……感じすぎてぇ！」

「あぁ、アリアさん……！　うん、うんっ」

救いを求められた亜輝が、瞳を輝かせた。少し身体を移動させ、アリアの頭を抱える。そして乳を与えるように、乳首を咥えさせてきた。アリアも嬉々として、興奮状態の硬直乳首を口に含む。その途端、信じられない量の淫気が口中に放たれた。

「あぁぁんっ。亜輝の……亜輝のおっぱい……！」

体内が堪らない悦びに満たされる。無我夢中で母乳のような淫気を貪る。亜輝はそんなアリアの髪を撫で、角にも舌を這わせてきた。特別な感覚などないはずの部位が性器並に敏感になって、身震いせずにいられない。

(何これ……。すごく……すごく……！)

柔らかな乳房に顔を埋め、甘い淫気母乳を飲んでいると、不思議な安心感に包まれ始めた。幸福感が身体を覆う。それ以上に、淫らな気持ちを抑えきれない。

「亜輝……亜輝っ！」

「あぁっ、アリアさん！」

夢中で乳首に吸いついた。彼女も背筋を震わせながらアリアの頭を抱き寄せ、角を唾液まみれにする。しっかり抱き締め合う恋人同士に、リーヴィアが立腹する。

「ンもう！　二人だけで浸ってないでよ！」

尻尾同士を擦り合わせ、苛立ち紛れに淫裂を振動させる。アリアは大きく脚を広げて、先輩で、親友で、ライバルであるサキュバスの愛撫を甘受する。

「やんっ。リーヴィア凄い……」

負けじと、亜輝が羽に噛みついた。痛みと快感が全身をメチャクチャに掻き回し、もう何も考えられない。

「ふぁあぁぁ！　亜輝、リーヴィア！　あたしイク！」

「アリアさん！　そ、そんなにおっぱい吸ったら……あん、そこも……ふぁっ!?」

暴れるアリアの太腿が亜輝の脚の間に入り込み、秘裂を擦り回した。思わぬ反撃で彼女も急激に昂っていく。二人はギュッと抱き合って、半狂乱で絶頂へと舞い上がる。

「アリアさん、私も……そんなにされたら私も……ッ！」

「亜輝、一緒に……一緒に、亜輝、あきぃぃぃッ！」

「二人とも凄い！　わたしも……わたしもぉぉおっ！」

アリアと亜輝の絶頂で淫気が放出され、それを吸ったリーヴィアまでが達してしまう。倒れ込んだ彼女も割って入り、三人は複雑に絡み合い、誰の唇かも分からないままキスを重ねて、何度も何度も絶頂を貪った。

どれだけの時間、快感を交わし合っていたんだろう。アリアは荒い呼吸で身を起こし、同じく息も絶え絶えに横たわっている恋人と親友を見下ろした。

身体が軽い。腕を上げるのもままならなかったのが嘘のようだ。ひとまず危機は去ったのだろうと思う。それなのに、正面で向き合う亜輝の顔は、芳しくない。それどころか涙は浮かべるし頬は膨らませるしで、怒っているようにしか見えなかった。

「アリアさんのバカ……！」

不機嫌の理由を聞く前に、彼女が首に抱きついてきた。

「あ、亜輝……⁉」

「アリアさん………死んじゃうかと思った……」

首筋に顔を埋めた少女の涙声に、息を呑む。まさか消滅の危機を知っていたのかと思ったけれど、リーヴィアがそこまで教えたとは考えにくい。魔力の衰え方で察しただけだろう。それに、知っていようといるまいと、彼女は必死に助けてくれたに決まっている。

(よかった、悲しい泣き方をさせずにすんで……)

少女の髪を撫で、悟られないように小さく、安堵の息を吐いた。そして、わざとらしいほど明るい声で、同族の仲間を振り返る。

「大袈裟よぉ。このくらいでサキュバスは死んだりしないわよ。ねぇ、リーヴィア」

リーヴィアは答えない。ただ黙って見詰め返してくるだけ。

「……………あれ？　ねえ、リーヴィアってば」

せっかくいい感じに解決したのに、その反応は解せない。案の定、亜輝が不安そうな顔になる。もうこれ以上、心配させたり、怒られたりするのは御免なのに。

「だだ、大丈夫だって。ほら見て見て。亜輝たちのおかげで助かっちゃった」

重い空気を吹き飛ばそうと、ことさら大袈裟に笑い、両腕をぶんぶん振り回して元気をアピール。それでも、少女の黒い瞳は曇ったまま。

「本当に……本当に、もう何ともないんですか？」

真っ直ぐに、アリアの目を覗き込んでくる。自分では問題ないと思うのに、問い詰められたら自信がなくなった。考えてみれば、再び同じ事が起こらないとは限らないし、次も運よく助けてもらえる保障もない。

即答できずにいる、そのわずかな躊躇が、亜輝に不信感を与えた。彼女の瞳が、見る間に濡れ始める。唇を震わせ、肩を震わせ、そして、両手で顔を覆って俯いてしまう。

「私……もう、駄目……なんです。アリアさんなしで、生きていく自信、ない……」

切々と訴える声が、胸を締めつけた。苦しいほどに気持ちが伝わる。でもその痛みが、アリアに冷徹な事実を気づかせた。

（……この娘、あたしに依存しすぎてる）

彼女にとって、アリアは、いつの間にそんな存在になったのだろう。最初の出会いは、気まぐれのようなもの。それから何度も身体を重ねているうちに、偽りのない自分を晒せる唯一の存在になっていたのかもしれない。

でも、その役目を負うのは魔物ではないはず。同じ種族で支え合うのが、あるべき姿。

（そんなの……最初から分かりきってた事じゃない）

所詮《しょせん》は魔物と人間だ。相容れない存在同士で、いつまでも一緒にいられるわけがない。いつかは離れ離れになる、儚《はかな》い繋がり。

（……今が、亜輝の心を人間に返す時なのかも。これはきっと、間違った関係を断ち切るチャンスなんだ）

アリアを見詰めてくる、少女のあどけない瞳。これを曇らせるような重荷を背負うなんて、気ままに生きるサキュバスには似合わない。

だから、終わりにする。重くのし掛かる未練を振りきる。

「い……や……」

そのはずなのに、決意とは正反対の言葉が、唇から零れ出た。

「あたしも……亜輝と離れるなんて……絶対に……いや……！」

別離を想像するだけで悲しくて、息ができないほどに苦しくなる。突き放すべき手は少女の細い身体を包み、折れんばかりに抱き締める。彼女もアリアの背中に手を回し、肌と肌が溶け合うのを望むように、わずかな隙間もないほど密着させた。

「愛してます、アリアさん……」

その告白を、アリアは、何の疑問もなく受け入れた。

「あたしもよ、亜輝。愛してる……」

気持ちのままに出た自分の言葉が、幸福感となって胸の奥まで染み込んでいく。二人は涙で濡れた瞳で見詰め合い、どちらからともなく唇を寄せる。

「ふざけないで！」

それを、金切り声が遮った。リーヴィアが蒼白となった顔で、抱き合う二人に怒りをぶつけてくる。

「魔物と人間が愛し合う？　馬鹿馬鹿しい！　どんな悪い冗談よ‼」

藍色髪のサキュバスが吐き捨てるそれは、至極当然な非難だった。幸せの頂点から突き落とされそうになって、亜輝がアリアにしがみつく。

「リーヴィアさん……認めてくれたと思っていたのに」

「そんなわけないでしょう。アリアを助けるのに好都合だっただけよ……っ」

リーヴィアは苦々しい表情で、しかし亜輝と目が合うのを避けるように顔を逸らす。

「考えてもごらんなさい。わたしたち魔物は、これから何百年も生きるのよ？　でも定命の人間なんて、せいぜい、あと何十年。これでどう愛し合おうっていうの⁉」

「それは……」

言葉を詰まらせる亜輝に、リーヴィアはさらに畳みかけた。

「今だって、アリアは急場をしのいだにすぎない。こんな関係を続けていたら、遠からず同じ事が起こる。今度こそ、アリアは消滅するわ！」

「リーヴィア‼」

アリアは慌てて叫んだ。亜輝の様子を見れば、薄々勘付いていたのは分かる。だからといって、それを事実だと教える必要なんてないのに。

「消……滅……」

腕の中の少女から、力が抜ける。やはり、相当なショックを受けている。

「リーヴィア、どうして……」

「隠してたって結果は同じよ。人間への執着なんて、早く捨てなさい」

藍色髪のサキュバスが、淡々と言い放つ。しかしアリアは、その口調や表情に違和感を覚えた。お姉さん気取りはいつもの事なのに、どこか余裕のなさを感じる。亜輝に対して思うところがあるのは当然としても、匂いが複雑で、感情を判別できない。

ただ、アリアの答えは変わらない。別れるつもりなどないと、少女を固く抱き締める。

その意思を感じた亜輝は、大きく息を吸い、リーヴィアに向かって言い放った。

「しゅ、種族が違うのが駄目だっていうなら…………私もサキュバスになります！」

彼女にしてみれば、きっと思い余った挙句の突拍子もない閃き。けれどアリアには、暗雲を払う啓示のように思われた。

「そ、そうだよ！　クイーンにお願いすれば、きっと……」

「……そうね、不可能ではないかもね。でも何の解決にもならないわ」

しかしそれすら、リーヴィアはすげなく却下した。

「あなたがサキュバスになれたとして、その後は？　わたしたちが生きるためには、多くの女の子を抱く必要があるって、今回の事で思い知ったはずよ。二人だけの恋人ごっこなんて不可能なの！　どうして分かってくれないの⁉」

藍色のサキュバスの、あまりにも悲痛な叫びが、亜輝を萎縮させた。少女の瞳が絶望に沈んでいくのを見せられて、アリアも希望を失いかける。

二人が共に生きる道は、本当に、絶対に、存在しないのか。悲しさが、思考を泥濘《ぬかるみ》のように滞らせる。それでも必死に考え続けているうちに、ふと、さっき否定された亜輝の閃きが、別の可能性を浮かび上がらせてきた。

「待って。この娘がサキュバスになるのが駄目っていうなら……それなら……！」

エピローグ　サキュバスのいたお店で

亜李亜《アリア》は、一年より前の記憶がない。

それまでずっと楽しい夢を見ていたような、ふわふわした不思議な感覚。

でも、眠りから覚めた時に最初に見たものだけは、明確に覚えている。それは、息を切らして亜李亜に駆け寄ってきた、女の人の姿。

一年前の夜、亜李亜は人気のない公園に全裸で転がっていたらしい。そこを助けてくれたのが、亜輝だった。その後、いったん病院に預けられたけど、すぐにその人が引き取ってくれて、彼女のマンションで一緒に暮らしている。

自分が誰なのか分からず混乱していた亜李亜を、彼女は根気よく面倒見てくれた。知らない事は何でも教えてくれた。人に迷惑をかけたり危ない目に遭ったりした事もあったけど、いつだって全力で守ってくれた。そんな亜輝には、感謝してもしきれない。

ただ、出会った最初に、彼女はとても気になる言葉を呟いた。

「アリアちゃん……本当に人間になったんだね」

その時は意識が曖昧だったから、それがどんな意味なのか考えもしなかった。今にして思うと、とても変な事を言っていたんじゃないだろうか。考えるほどに分からなくなり、怖い想像も頭をよぎる。もしかしたら亜李亜の聞き間違いだったかもしれない。だからなのか、いまだに尋ねられずにいる。

逆に言えば、気になるのはその一点だけと言えた。

亜輝は、とても穏やかで優しい。普段は、自宅でイラストを描く仕事をしている。だけど時々、ちょっと変わった店でも働いていた。

「——サキュバス喫茶って、珍しいんだよね？」

「うん、まぁ……。私は他に知らないかな」

亜李亜の質問に、亜輝は、服を脱ぎながら恥ずかしそうに肩を竦めた。

いつもの彼女なら絶対に着ない、煽情的な衣装。お店の制服だというそれは、豊かな胸を強調し、下着が見えそうなほど短いスカートとハイヒールで、すらりとした脚線を、より美しく際立たせている。

今日は初めて、亜輝が働いているサキュバス喫茶を訪れた。淫魔に扮した店員たちが客の女の子を誘惑する光景を、厨房から覗き見させてもらったのだけど、その色っぽい光景に胸が高鳴った。いまだにドキドキが止まらない。

ただ、亜輝だけはちょっと様子が違っていた。

「何ていうのか……ぎこちない？　って感じっていうか……」

「そういう事は、言わなくていいのぉ」

彼女は、真っ赤に染まった顔を両手で覆いながら、亜李亜の感想を遮った。脱ぎかけの衣装からはだけた肩も、恥ずかしそうに震えている。

そう言われても、やっぱり亜輝の誘惑演技は変だった。他のサキュバス店員と同じようにしているはずなのに、あからさまにセリフは棒読み。お世辞にも上手とは言えない。

「私はそのままでいいって、店長さんは言ってくれるんだけど……」

その素人演技が逆に受けて指名するお客が少なくないと、亜李亜も聞かされたばかり。しかし本人は不満な様子。イラストレーターとしてクリエイティヴな部分に通ずるものを感じるのか、未熟さに甘える事を許せないんだろう。けれど、意気込みと実力は、必ずしも伴うとは限らない。それを認めきれず、亜輝は嘆きの溜息を吐いた。

「もう二年近くもやってるのになぁ。アリアちゃんみたいにはできなくて……」

「あたし？」

自分を指差し、首を傾げる。亜輝は「あ……」と小さく声を漏らし、斜め上を向いて考えるような素振りを見せる。そして、優しく微笑んでみせた。

「何でもない。気にしないで」

ごく稀に、彼女は亜李亜の知らない「アリア」の話をする。意図的にではなく、つい同一人物であるかのように錯覚してしまう時があるみたいだ。確認したわけじゃないけれど、多分、そんな感じ。

（そういえば、サキュバス喫茶の店員さんたちも、あたしを知っていたような……）

さっきまで、亜李亜のためにプチ歓迎会が開かれていたところ。やはり、みんな初対面とは思えない接し方だった。

（あたしの思い出せない過去に関係あるのかな）

記憶喪失と診断された亜李亜を、亜輝は、自分が世話をすると言ってくれた。その時の彼女に感じたのは、見つけた者として責任を取るというよりも、そうするのが当然という固い意志。誰にも渡すまいとする、強い決意。

そんな人が何も語ろうとしないなら、亜李亜は知る必要がないのだろうと思う。少なくとも、今はまだ。

それに、見知らぬはずの「アリア」の話には、どこか懐かしさのようなものさえ覚えていた。もしかしたら、自分も知っている人だったのかもしれない。それなら、いつか亜輝も話してくれる時が来るだろうと、気長に待つ事にしていた。

「……それでさ、亜輝ちゃん。この部屋は？」

改めて室内を眺める。サキュバス喫茶の上の階。簡素だけど、女の子趣味の可愛らしい部屋。不思議な空間を見回すと、亜輝は少し気まずそうに苦笑した。

「ここは、ちょっと特殊な部屋なの。詳しくは……そのうち教えてあげる。ね、念のために言っておくけどっ。私は使ってないからね。今日は特別に借りただけっ」

人差し指を立てながら、ぐいっと顔を近づけてくる。その念押しにどんな意味があるか分からないけど、とりあえず頷いておく。

二人は一緒にシャワーを浴び、身体を拭くのもそこそこに、裸でベッドへ飛び込んだ。膝立ちで見詰め合い、どちらからともなく唇を合わせる。舌を絡めながら、くすぐるような手つきで相手の肌に指を這わせる。胸の膨らみを揉み、乳首を転がし、下半身の秘密の場所へと指先を忍び込ませる。

「あぁ……」

目を閉じた亜輝が、うっとりと喘ぎを漏らす。亜李亜も、秘部で蠢く指を感じて身を震わせる。身悶えするたびに、密着した乳房が捏ねられて、快感が背筋にまで伝わる。

(亜輝ちゃんとのこれ……最高に気持ちいい……)

あまり女の子同士でする行為じゃないのは、もちろん知っている。でも、初めて肌を合わせた時から、抵抗感は皆無だった。

数か月前の夜、亜李亜はムズムズする身体を持て余していた。その頃には性欲についても知識を得てはいたけれど、対処の仕方が分からない。どうしようもなくなって亜輝に泣きつくと、彼女は少し戸惑いを見せた後、心を決めたような顔になって、愛撫やオナニーというものを教えてくれた。

その後は、もちろん快感の虜。毎日のように求めたので「少しは我慢しなさい」なんて軽くたしなめられたりしたくらい。

そんな関係になって、思った。亜李亜にとって亜輝と抱き合うのは、当たり前で自然な行為。まるで初めから決まっていたかのように、恩人の女性に魅了されていった。

（亜輝ちゃんは、どうなのかな……）

一方通行の想いじゃないかと悩んだ時期も、なくはない。けれどあまり深刻に考えるのは得意じゃないし、時に彼女の方から求めてくれると、無邪気に喜んでしまう。きっと、元から単純な性格だったに違いない。

ともあれ性に目覚めた亜李亜は、瞬く間に彼女を責め立てる側に回ったのだった。

「あ……ッ。亜李亜ちゃん……そこ……！」

キスや愛撫のやり方も、生まれた時から知っていたように迷いがない。亜輝が触って欲しそうなところだって一発で分かってしまう。どうしてだろうと思わないほど、亜李亜も馬鹿じゃない。でも、彼女を感じさせられるのなら、面倒な疑問なんて快感の波で彼方に押し流す。

「好き……好きよ、亜李亜ちゃん……」

「あたしも……あたしも、亜輝ちゃんが好きぃ……」

小さな囁きに、温かな幸せを感じる。けれど穏やかに進行していたのはここまで。二人は、次第に互いの身体に体重をかけ始めた。相手をベッドに押し倒そうとする主導権争いがにわかに起こる。決着をつけたのは、亜輝のささやかな攻撃。

「えい」

「ひゃん⁉」

脇腹を突かれてバランスを崩した。後ろに倒れる亜李亜の頭を支えながら、亜輝が伸し掛かってくる。彼女は軽いから撥ねのけようと思えば簡単だけど、柔らかな身体が心地よくて、そんな気にならない。

「………ちゅっ」

「ひゅあ！」

首筋を吸われた。亜李亜は思わず甲高い悲鳴を上げる。繰り返し、軽く吸引しているだけなのに、信じられないほど強烈な電流に全身を貫かれた。脚をジタバタ暴れさせずにいられない。股間の性愛器官が激しく疼いて、いやらしい蜜が零れ落ちる。

「亜輝ちゃん……亜輝ちゃん……！」

両手でしがみつき、名前を何度も呼ぶ。自然に脚が開いて、彼女の指を迎え入れようとする。その意図に亜輝も気づいているはずなのに、上半身でしか遊んでくれない。乳房の麓をなぞったり、乳輪の縁をくすぐったりするばかり。やっと下の方に来たと思ったら、爪で膝頭をくるくると撫で回す。

「ひぁ、あんっ、はひ……んあっ！」

優しい手つきとは思えないほど強烈な快感で、亜李亜から思考を奪っていく。欲情に苛まれた淫らな亀裂を早く触って欲しいのに、ねだるのも忘れそうになる。

「あ、亜輝……ちゃん。そこ、じゃなくて……こっちも……」

彼女の手首を掴み、やっとの思いで言葉を絞り出す。強引に中心部へと誘導するけど、それでも、割れ目の縁を焦らすようになぞるだけ。ピリピリと静電気のような痺れが性器を責め立て、本命の快感じゃないのに、腰が踊り狂うほど気持ちいい。

「あん、あんっ！　亜輝ちゃん、意地悪しないでぇ……！」

半泣きで懇願する亜李亜の頬にキスをして、彼女は、いきなり別の話を始めた。

「あのね、亜李亜ちゃん。この前、両親と話し合ったの。これからあなたをどうするか」

「え……？」

急にどうしたんだろう。亜李亜の胸を不安の雲がよぎった。

(まさか……あたし、捨てられちゃうの？　だから気持ちよくしてくれないの⁉)

怯える瞳ですがるように見詰めると、亜輝は、ちょっと考え事をするように、可愛らしく小首を傾げた。

「亜李亜ちゃんを、うちの養女にしようか、だって。でもね、私は違うお願いをしたの。……養女じゃなくて、お嫁さんにしたいですって」

「それって……え？」

理解できずに戸惑う亜李亜に、亜輝は脇腹をくすぐりながらクスクス微笑みかけた。

「亜李亜ちゃんは、養女として私と姉妹になりたいですか？　それとも、私と結婚したいですか？　どっちにしても簡単じゃない……ていうか、特にお嫁さんの方は色々と、凄く大変だろうけど……一生懸命に説得したら、両親とも理解してくれたの」

「あの、待って亜輝ちゃん。どういう事なのか、さっぱり……ふぁんっ！」

尋ねておきながら、考えるのを邪魔するように亜輝が首筋を舐め上げる。そして耳朶を甘噛みしながら、くすぐったい吐息を吹きかけてきた。

「つまりね、一生、これからずーっと、私と一緒にいましょうね、ていうお話、だよ」

「――――!!」

悪戯っぽい声の囁きと、中指が淫裂に潜り込んだ衝撃で、一気に鼓動が跳ね上がった。淫唇と一緒に頭の中も掻き回される。激しい指使いで愛液が撒き散らされるたび、思考力も飛んで行く。姉妹とお嫁さん、どちらか選べと言われても、今は無理。

でもこれだけは言える。一番大切な事は伝えられる。

「一緒がいい！　亜輝ちゃんと、ずっと、ずっと一緒にいる!!」

快感に蕩けた頭で叫びながら、両手でしがみついた。彼女と一緒にいられるのなら、形なんて何だっていい。

「うん、うん……。一緒だよ、亜李亜ちゃん。私たち、絶対に離れない……！」

亜輝が、急に声を詰まらせた。優しくて頼りになるお姉さんの彼女が、大粒の涙を浮かべている。亜李亜も感情が昂って、何を考えればいいのか分からない。ただしっかりと抱き合って、無我夢中で唇を合わせる。

「亜李亜ちゃん、今日は凄い事してあげる……」

亜輝が身体を起こした。離れるのが名残惜しくて、亜李亜も慌てて上体を起こす。すると彼女は好都合と言いたげな顔になり、向かい合って脚を交差させてきた。腰を抱き寄せられて、二人の秘裂が接近する。

「亜輝ちゃん……ふぁあぁぁぁっ⁉」

くちゅっと、卑猥に粘った音がして、女性器同士が触れ合った。亜輝は後ろに手を突いて、腰を上下に動かし始める。釣られて亜李亜も同じ動きで腰を振る。やがて円を描くような動きになると、淫裂の肉襞が捩れ、絡み合い、蕩ける快感が下半身を包み込む。

「これ……貝合わせっていうの……。き、気持ちいい……でしょ？」

「うん、うん！　亜輝ちゃん……これ……凄い……！」

気持ちよさが広がって、シーツを握り締める。足の指も無意識に蠢いた。初めての快感に、夢中になって腰を振り立てる。教える立場の亜輝も余裕がないのか、額に汗を浮かべながら頭を振り立て、快感に耐えている。そんな彼女を見ていたら、亜李亜の中に新たな感情が芽生えてきた。

（可愛い……苛めたい……）

いつもは、可愛がってもらう方が多い。でも、もっと自分の手で彼女を感じさせたい。そう思うなり、亜李亜の身体が勝手に動いた。腰が大きく回転し、恥骨をぐりぐり押しつける。性器同士の密着を高め、陰唇を激しく擦り合わせる。

「ンあぅ！　あ……亜李亜ちゃん、急に……ふぁ、ンあぁぁぁん！」

まさかの反撃に亜輝が仰け反った。後ろ手に支えていた腕が崩れ、仰向けに倒れてしまう。勢いで跳ね上げられた彼女の脚を胸に抱え、亜李亜はさらに腰を回転させた。螺旋を描くように、淫襞を絡ませる。

「ふぁん、あぁんっ。こんなの……こんなの、亜李亜ちゃん……ふぁぁぁっ！」

シーツに爪を立てて亜輝が悶える。亜李亜の思うがままに、彼女に快感を与えている。

「亜輝ちゃん感じて！　気持ちよくなって！」

今までにない高揚感で攻勢を強めるけれど、ちょっと調子に乗りすぎた。女性器摩擦の強烈な痺れが快感を暴走させ、身体がいう事を聞かなくなる。

「待って亜李亜ちゃん！　私、感じすぎて……ふぁ、ふぁッ！」

「だ、駄目なの亜輝ちゃんっ。あたしも……あたしも止められない！」

「そんな……やぁぁぁん！」

二人とも泣き叫び、それでも腰を止めようとしない。もう、どちらが優勢なのか分からない。快感の奴隷となって、相手を夢中で責め立てる。

「だめ、亜輝ちゃん！　あたし……あたし、もう、だめぇ！」

「私も……も、もう……イッちゃいそぉ！」

くちゅくちゅと、二枚の女性器が奏でる粘着音が、亜李亜と亜輝を昂らせる。密着部分が熱く疼く。身体を制御できないのに、二人の動きはシンクロし、同じタイミングで快感を高め合う。

「イクっ。亜輝ちゃん、あたしイクっ」

「私もイク……イッちゃうよぉ！」

増大する快感に耐えきれなくなって、せり上がった腰が淫裂を強烈に擦り上げた。震える手を伸ばして相手に助けを求める。指先が微かに触れ合った瞬間、全身を硬直させるような電流が全身を一気に走り抜けた。

「ふあぁぁっ！　凄いのっ。亜輝ちゃん凄いのっ。んあぁぁぁッ！」

「私も凄いっ。亜李亜ちゃんっ、亜李亜ちゃんッ！」

互いの名前を呼びながら指を絡める。手を握り合ってさらに密着した淫裂が、さらなる高みへと二人を飛ばした。

「はぁ……はぁ……」

絶頂が激しすぎたのかもしれない。亜李亜はベッドに突っ伏し、抗いがたいほどの眠気

に誘われた。

「はぁぁ……。亜李亜ちゃんがいきなり激しくするから、びっくりしちゃった」

亜輝がクスクス微笑むのを聞きながら、意識が遠のいていく。目蓋が閉じていく。

その一瞬。窓の外に人影が見えた。隣のビルの屋上で、縁に腰かける女の子。藍色の髪で、頭には角、背中側には翼と尻尾。サキュバス喫茶のコスチュームに似て非なる格好をした子が、亜李亜の方をじっと見ている。

（あの人って……）

今までも、何回か見かけた事があった。けれど、いつも目が合った瞬間に姿が見えなくなってしまう。正体はもちろん気になる。ただ、それよりも胸に残るのは、彼女の表情。不機嫌そうでありながら、どこか悲しげで、優しい微笑み。

ぼんやりと考えていると、いつの間にか目の前の景色が変わっていた。街灯に薄く照らされた公園で、亜李亜がベンチに寝かされている。

（あ……。またこの夢だ……）

時々同じものを見るけれど、寝入り方のせいか、今日は特にはっきり夢と自覚できる。うすぼんやりとした視界の中、そばに、ふたりの女の子が立っていた。彼女たちは向かい合い、何かを深刻そうに話している。

『この子は、もう魔物じゃない。完全に、人間になったわ』

『クイーンは……何ておっしゃっていましたか』

『心配しないで。あの方は怒ったりしてないから。本来は愛欲のみに生きるサキュバスが愛を見つけられたのなら、それは喜ぶべき事だからって、そう言っていたわ。でも……ひどく、寂しそうだった……』

『そう……ですか』

項垂れたのは、亜輝だろうか。もう一人、藍色の髪の女の子は、顔をはっきり見る事ができない。ただ、穏やかそうな口調の中に、悲哀を隠しきれずにいるのは窺えた。

『でも忘れないで。数少ない同胞を、誰が好き好んで手放したりするもんですか。許してくださったのは、それだけ可愛がってくれていた証拠。あなたたちの強い決意を信じてくれたからこそなのよ。クイーンの寛大さに感謝して、せいぜい幸せになるがいいわ』

その言葉は、亜輝にというよりも、亜李亜に向けられたように聞こえた。

『ただ、ひとつ問題が起こったわ。人間が魔物になるのも、魔物が人間になるのも、簡単な事じゃない。元の人格や記憶を保って変化させるためには、本当なら何年もかけるものなの。なのに、この子が急いだものだから……』

記憶が――。藍色髪の子がそこまで言ったところで、目が覚めた。

(今の……前にも同じ場面を見たような……)

うっすらと目を開くと、眼前には裸の胸元。亜輝に抱き締められている。エッチの残りそうになる。

香が、まだ強い。眠っていたのは、ほんの短い時間みたいだ。おかしな夢の代わりに亜李亜を包むのは、彼女の甘い匂いと柔らかさ。あまりにも心地よくて、再び眠りへと誘われ

（あ、そういえば……）

顔を上げて、亜輝の肩越しに窓を見る。藍色髪の少女は、消えていた。夢なのか現実なのか曖昧で、本当にそんな子がいたのか確信が持てない。

きっと、人間とは違う存在なんだ。そう直感した。けれど、少しも怖くない。あの子の視線には、怒りと、悲しさと、そして、見守っていてくれるような優しさが同居していると感じられるから。

「亜李亜ちゃん、どうかした？」

亜輝が首を傾げた。その澄んだ瞳を見ながら、思う。あの藍色髪の少女を知ってるんだろうかと。さっき見たのが正夢ならば、彼女は魔物と知り合いという事になる。

普通に考えれば馬鹿げた想像。だけど、こんな店で働いているのだし、彼女の浮世離れした雰囲気が、もしかしたらという気にさせる。

「亜輝ちゃんは……サキュバスって、本当にいると思う？」

恐る恐る、尋ねてみた。すると亜輝は、呆れるでも馬鹿にするでもなく、いつも以上に優しく微笑んだ。

「そのうち分かる時が来るんじゃないかな。私は、そう信じてる」

心の中で首を傾げた。質問の答えとしては、微妙にずれている。彼女が実在を信じているというよりも、いつか、亜李亜がサキュバスに出会えるのを待ち望んでいる。そう言っているようにも聞こえた。

真意を問い質そうとは思わなかった。どういうわけか、今の奇妙な答えで正しいような気がしてしまったから。だから今度は、亜李亜の方が彼女の質問に答える番。

「ねえ、亜輝ちゃん。さっきの話だけど……。あたし……お嫁さんがいいなぁ」

「亜李亜ちゃん……」

別に、関係なんて何だっていい。亜輝と共に生きられるのなら、このままだって構いはしない。でも、彼女が感極まったように声を詰まらせたのを見て、これでいいんだと確信した。記憶は戻っていなくても、はっきりと理解できた。

亜李亜は、亜輝と結ばれるために、ここに来たのだと。

彼女の腕に、しっかりと抱き締められる。亜李亜も彼女の背中に腕を回す。

「私ね……前に言われた事があるの。……亜李亜ちゃんと共に生きていく覚悟が、本当にあるのかって」

耳に囁く亜輝の声が、硬い。まるで、それを尋ねた誰かを前にしているかのように。

「それ……あたしも言われた……ような気がする……」

そんな質問を投げかけてくるような人自体、周囲にはいないはず。なのに突然、その声が頭の中ではっきり響いた。

——幸せになる覚悟は、できてる?

相手は誰で、どんな表情で言っただろう。思い浮かべようとするほど、逃げ水のように曖昧になっていく。

「亜輝ちゃんは……何て答えたの?」

「亜李亜ちゃんは?」

そんなの、決まっている。何のために彼女のもとに急いで戻ったのかを考えれば。

(亜輝ちゃんのところに、戻った……?)

何かを思い出しそうになった。もう少しではっきりしそうな記憶の輪郭が、霧の向こうに霞んでいく。でも、少しも焦りは感じない。気長に思い出せばいい。

だって、彼女が、亜輝が、ここにいてくれるのだから。

「亜李亜ちゃん……」

「亜輝ちゃん……」

互いに呼び合う名前が、愛を誓う言葉。二人は胸にいっぱいの幸せを感じながら、永遠とも思える長い時間、口づけを交わし続けた。

あらおし悠執筆おすすめ作品

二次元ドリーム文庫 第379弾

百合風の香る島 由佳先生と巫女少女

新任教師の由佳が訪れた女子だけの学園がある南方の離島、そこは女性同士が開放的に愛し合うという驚きの環境だった。由佳も生徒である美沙希に可愛がられ心を乱されていくも、彼女の心の深くを知っていくにつれ、支えてあげたい想いが膨らんでくる……。

小説●あらおし悠　挿絵●神崎詩音

あらおし悠執筆おすすめ作品

二次元ドリーム文庫　第389弾

百合エルフと呪われた姫

故郷を飛び出し人間の町へやってきたハーフエルフの少女レムは、呪いにかけられた王女アルフェレスと出会う。お互いの境遇や弱さを知り惹かれ合った二人は、呪いを解く旅へ出ることに！　険しくも淫らな冒険の中で、少女たちは呪いの真実と自らの秘密を知ってゆく……。

小説●あらおし悠　挿絵●うなっち

あらおし悠執筆 おすすめ作品

二次元ドリーム文庫 第401弾

百合ラブスレイブ凛
好きへの間合い

柑奈が所属する剣道部は人数不足から廃部の危機に。好成績を収めれば回避できると、柑奈は経験者ながら剣道を嫌う美紅に接触する。しかし彼女が入部の条件としたのは柑奈のカラダ！ 恥ずかしいだけだったのに、美紅のことを知るにつれ会える時が待ち遠しくなっていく。

小説●あらおし悠　挿絵●鈴音れな

あらおし悠執筆おすすめ作品

二次元ドリーム文庫 第413弾

百合保健室
失恋少女の癒やし方

女の子が大好きな保健の先生である珠里は、失恋に悲しむ文乃を生徒と知らず身体で慰めてしまう。それから文乃は学校内でも甘えてくるようになり、立場上困る珠里だがまんざらでもなく……？　秘密と不安定な生徒を守るための百合Ｈは、やがて本当の恋心を目覚めさせてゆく。

小説●あらおし悠　挿絵●きさらぎゆり

本作品のご意見、ご感想をお待ちしております

本作品のご意見、ご感想、読んでみたいお話、シチュエーションなど
どしどしお書きください！　読者の皆様の声を参考にさせていただきたいと思います。
手紙・ハガキの場合は裏面に作品タイトルを明記の上、お寄せください。

◎アンケートフォーム◎ **https://ktcom.jp/goiken/**

◎手紙・ハガキの宛先◎
〒104-0041 東京都中央区新富 1-3-7 ヨドコウビル
(株)キルタイムコミュニケーション　二次元ドリーム文庫感想係

百合サキュバスとぼっち女子
～淫魔喫茶の秘密部屋～

2021 年 8 月 27 日　初版発行

【著者】
あらおし悠

【発行人】
岡田英健

【編集】
餘吾築

【装丁】
マイクロハウス

【印刷所】
株式会社廣済堂

【発行】
株式会社キルタイムコミュニケーション
〒104-0041　東京都中央区新富1-3-7ヨドコウビル
編集部　TEL03-3551-6147 ／ FAX03-3551-6146
販売部　TEL03-3555-3431 ／ FAX03-3551-1208

禁無断転載 ISBN978-4-7992-1524-1　C0193